유자소전

바이링궐 에디션 한국 대표 소설 **037**

Bi-lingual Edition Modern Korean Literature 037

A Brief Biography of Yuja

이문구

유자소전

Yi Mun-gu

ASIA
PUBLISHERS

Contents

유자소전

A Brief Biography of Yuja

1

한 친구가 있었다.

그냥 보면 그저 그렇고 그런 보통 사람에 불과한 친구였다.

그러나 여느 사람처럼 이 땅에 그런 사람이 있는지 마는지 하게 그럭저럭 살다가 제물에 흐지부지하고 몸을 마친 예사 허릅숭이는 아니었다.

그의 이름은 유재필(兪裁弼)이다. 1941년 홍성군 광천에서 태어나 보령군 대천에 와서 자라고 배웠다. 그리고 그 나머지는 서울에서 살았다. 그는 어려서부터 타

1

There was once a friend.

At first glance, he was a fellow no different from any other, but he wasn't your average nobody who whiled his life away, living to pay the bills and leaving no name for himself in this world.

His name was Yu Jae-pil. He was born in 1941 in Gwangcheon, Hongseong-gun and grew up in Daecheon, Boryeong-gun. He spent his adulthood in Seoul. Since childhood, he was preternaturally insightful and brave. This set him apart from his peers and saw him through his humble beginnings

고난 총기와 숫기로 또래에서 별쭝맞고 무리에서 두드
러진 바가 있어, 비색한 가운과 불우한 환경 속에서도
여러모로 일찍 터득하고 앞서 나아감에 따라 소년 시절
은 장히 숙성하고, 청년 시절은 자못 노련하고, 장년에
들어서서는 속절없이 노성하였으니, 무릇 이것이 그가
보통 사람 가운데서도 항상 깨어 있는 삶을 살게 된 바
탕이었다.

그의 생애는 풀밭에서 뚜렷하고 쑥밭에서 우뚝하였다.

그는 애초에 심성이 밝고 깔끔하였다. 매사에 생각이
깊고 침착하였으며, 성품이 곧고 굳은 위에 몸소 겪음
한 바와 힘써 널리 보고 애써 널리 들은 것을 더하여, 스
스로 갖추어진 줏대와 나름껏 이루어진 주견으로 갈피
있는 태도를 흩트리지 아니하였다.

그러므로 주변머리 없이 기대거나 자발머리 없이 나
대어서 남을 폐롭히거나 누를 끼치는 자는 반드시 장마
에 물걸레처럼 쳐다보기를 한결같이 하였고, 분수없이
남을 제끼거나 밟고 일어서서 섣불리 무엇인 척하고 으
스대는 자는 『삼국지』에서 조조 망하기를 기다리듯 미
워하여 매양 속으로 밑줄을 그어 두기에 소홀함이 없었
다. 또 모름지기 세상의 일에 알면 아는 대로 힘지게 말

and luckless family situation. Far advanced for his age in many ways, his boyhood was characterized by outstanding precocity, his adolescence surprising competence, and his adulthood downright venerability—the foundation for an enlightened man among ordinary men.

He was both distinctive and incorruptible.

He had a cheerful, wholesome disposition to begin with. Thoughtful and calm in every situation, he added his first-hand experience and extensive second-hand knowledge to his good, steadfast character to develop his own principles and opinions that afforded him an unwavering constancy.

He treated freeloaders and meddlers like wet rags in the monsoon, and despised finaglers and the high and mighty with the passion of a reader waiting for Cao Cao to die in *Romance of the Three Kingdoms*. When he came across someone too cowardly and calculating to speak their mind in situations where they had to speak with confidence or boldly admit ignorance, Yu Jae-pil spat on them as he would on a miserable miser who charged interest on a debtor who had just sent his fully grown daughter to Seoul to seek employment.

The list of his greatness went on. He was a man

하고, 모르면 모르는 대로 숫지게 말하여 마땅한 자리임에도 불구하고 어딘지 떳떳지 못하게 주눅부터 들어서 좌우의 눈치에 딱 부러지게 흑백을 하지 못하는 자가 있으면, 마치 말만 한 딸을 서울 가게 하는 데에 힘입어 그날로 이잣돈을 놓는 매몰스러운 구두쇠를 보듯이 으레 가래침을 멀리 뱉기에 이력이 난 터이었다.

그의 됨됨이는 물론 그것이 전부는 아니었다. 체취는 그윽하고 체온은 따뜻하며 체질이 묵중한 사내였다. 또한 남의 아픔이 자신의 아픔임을 깨달아 아픔을 나누고 눈물을 나누되, 자기가 아는 바 사람 사는 도리에 이르기를 진정으로 바라던 위인이었으니, 짐짓 저 옛말을 빌려서 말한다면 그야말로 때 아닌 특립독행(特立獨行)의 돌출이요, 이른바 "세상 사람들의 걱정거리를 그들보다 앞서서 걱정하고, 세상 사람들이 즐거워함을 본연후에야 즐거움을 누린다(先天下之憂而憂 後天下之樂而樂)"고 말한 선비적인 덕량의 본보기라 하지 않을 수 없는 친구였다.

"이간감? 나 유가여."

그가 내게 전화를 할 때마다 매번 거르지 않던 첫마디였다.

of lasting impression, warm disposition, and sober constitution. He grieved over the sufferings of his fellow men as though the sufferings were his own, but had the wisdom to protect their dignity rather than offering charity. To borrow an old phrase, he was *teungnipdokhaeng* (solitary path of unyielding principles) incarnate, the paragon of gentlemanly virtue who lived by the code of recognizing the woes of others before they themselves could and rejoiced only when everyone was content.

"Lee? This is Yu," was his invariable greeting each time he called.

But he wasn't just "Yu." He was Yuja, or Master Yu.

2

Yuja's linguistic sense, which rivaled that of most professional writers, always kept conversations lively and fresh when he was in the company of the philosophers and scholars of this country's literary circle. Few could hold a candle to him when it came to command of the Boryeong regional dialect.

Due to their limited circulation, regional dialects

그렇지만 유가는 이미 다른 사람을 이르는 말이었다. 그는 유자(兪子)였다.

2

유자는 직업적인 문필가 못지않은 뛰어난 어휘 감각으로 이 나라 문단의 제자백가들과 교유를 하면서도 언제나 대화의 선도(鮮度)를 유지했거니와, 그중에서도 보령 지방의 방언 구사에서는 그와 겨룰 만한 사람이 드물다고 해도 과언이 아니었다.

대개 일정한 지역의 방언은 그 유통 구조적인 한계에 따라 자연스럽게 시르죽어서 종당에는 용도 폐기를 면치 못하기가 쉽고, 그로부터 호흡이 끊기고 박제화(剝製化)하여 사전(辭典)에 정리되고 나면 한갓 현장을 잃은 고어나 은퇴어가 되고 말아서, 모처럼 어디에 갔다가 만나더라도 뜨악하고 서먹해지게 마련인 것이었다.

그러나 아무리 잊은 지가 언젠지조차 모르는 귀꿈맞은 방언이라고 해도, 그것이 유자의 입에서 흘러나올 때는 그 말이 지닌 본래의 숨결까지도 고스란히 살아 있어서 생각지도 않은 신선한 느낌마저 덤을 얹는 것이

tend to follow a course of obsolescence. When the dialects have breathed their last, they are mummified and preserved in dictionaries, considered archaic and retired, devoid of relevance and awkward to run into on the street.

But no matter how long forgotten or musty the dialect, life was breathed right back into it and even imbued with surprising vim when it came out of Yuja's lips. This was because he never stopped using it.

One peculiar expression that comes from Boryeong is "clean a moad." Even Yi Eo-ryeong, the Minister of Culture who had been encouraging the National Institute of the Korean Language to give standard Korean expressions priority in the institute's cataloging projects, often used this expression in the company of friends.

To "clean a moad" means: (of something one says) to have no beginning or end, to be confusing or ineffective; (of an opinion) to be nonsensical, impossible, or ridiculous; or (of one's actions) to be clumsy, fickle, or unpredictable. But these are not exact definitions, and although one may suppose "moad" has its etymological roots in "moot," one cannot say for certain.

었다. 그만큼 일상적으로 즐겨 사용해 온 탓이었다.

보령 지방의 독특한 방언 가운데 지금도 흔히 쓰이는 것으로 '개갈 안 난다'는 말이 있다. 이것은 요즈음 산하의 국어연구원에서 의례적인 용어부터 정립해주기를 독려하고 있는 이어령 문회부 장관도 사석에서는 자기도 모르게 곧잘 튀어나오던 방언이기도 한 것이다.

이 '개갈 안 난다'는 말은 보통 '말이' 맺고 끊는 맛이 없다거나, 섞갈리거나, 요령부득이다. '뜻이' 가당치 않거나, 막연하거나, 어림도 없다. '일이' 매둥그려지지 않거나, 매듭이 나지 않거나, 마무리가 없다. '짓이' 칠칠치 못하거나, 갈피가 없거나, 결과가 예측불허다 따위와 비스름한 의미로 쓰이고 있거니와, 나도 그 어원이 '가결(可決) 안 나다'에 있는지 어떤지는 아직도 모르고 있는 터이다.

한번은 내가 짐짓 해보는 말로,

"대관절 그 개갈 안 난다는 말이 무슨 뜻이라나?"

유자더러 물었더니, 유자 대답하여 가로되

"아 그 개갈 안 난다는 말처럼 개갈 안 나는 말이 워디 있간 됩세 나버러 개갈 안 나게 묻는다나."

하고 사뭇 퉁명을 부리는데, 그러는 그의 표정을 읽으

Once, I asked Yuja, in jest, "What on earth does 'cleaning a moad' mean?"

And thus spake Yuja: "There's nothing that cleans a moad like that expression 'to clean a moad,' so what are you doing, cleaning a moad by asking me what it means!"

His pained expression suggested that he wanted nothing more than to get to the bottom of "cleaning a moad," etymology and all, but the expression itself cleaned a moad so thoroughly that it was ungraspable, and Yuja seemed to find this a great shame.

To a B-list writer such as yours truly, a character like Yuja came in quite handy. He was a boon to my profession. For example, Yuja was the one who played the part of my "dialect dictionary with audio" splendidly by breathing life right back into the chintzy dialects that are now awkward to run into. As I hadn't been home since the 1950s, I had long-forgotten most of them.

His verbal talents did not stop at dialects. From the technical jargon of all the professions he had come across in his line of work, to the stories of the spectacular wastefulness and ultimate unpredictability of paupers—paupers who had shoes on

니 말이 난 계제에 아예 어원까지 캐서 적실하게 밝혀

줄 수만 있다면 작히나 좋을까만, 허나 말인즉 원체가

'개갈 안 나는' 말인지라 당최 종잡을 수가 없어서 유감

이라는 내색이 역연하였다.

　재주가 메주인 이런 삼류 작가에게는 유자만큼 소중

하고 요긴한 위인도 드물었다. 그는 내 직업에도 여러

가지로 도움이 되었는데, 이를 테면 1950년대부터 고

향과 멀어진 까닭에 '잊은 지가 언젠지조차 모르는', 그

래서 모처럼 한번이나 들어보더라도 뜨악하고 서먹할

수밖에 없는 궁벽한 방언들을 아주 새삼스럽게, 그것도

그 말이 지닌 본래의 숨결까지 고스란히 살아 있는 그

대로 재생시켜 주면서 '말하는 방언사전' 노릇을 톡톡히

해주었던 것도 그중의 하나였다.

　그것은 비단 방언만도 아니었다. 그가 사무적으로 왕

래하는 각계각층의 전문적인 용어를 비롯하여, 가령 벌

면 먹고 놀면 굶는 뜨내기들, 빈손이 큰손이요 꿋발이

맨발인 따라지들, 심지어는 보다보다 볼 장 다 본 막살

이들의 협협한 허텅지거리와 종작없는 결말들까지도

나는 거의가 그를 통하여 얻어들었으며, 또 무슨 말이

든지 일단은 힘 하나 안 들이고 주워대는 그의 입을 거

18

their feet in the best of times and had seen what was below rock bottom in the worst—I had learned it all from Yuja. Words did not quite come to life unless through his effortless reenactments, which made the connotations of the expressions that much easier to perceive.

Aside from being the master of banter, Yuja himself was great story fodder. *The Migratory Birds of the Four Seasons*, a novel by the great Cheon Seung-se, for example, is based on Yuja.

A modest short story called "As He Said" by yours truly was also based on Yuja. People who read the story said they couldn't help but laugh reading it as they assumed that the first-person narrative about this silly young protagonist, who would march through town with a circus flag held up high, leading a parade of trumpeters and monkeys on horses every time the circus came to town, was about me as a boy. In truth, the character was based on Yuja as a young child, a character whose life was half littered with amusing tomfoolery and half shadowed with heart-rending struggles.

Yuja moved to the old market place at Hannae (present-day Daecheon) a year after the Korean War broke out, and then transferred to Daenam Primary

쳐야만 비로소 제대로 실감이 나고, 나중에 용도를 가름하는 데에도 수나로울 수가 있었던 것이다.

유자는 그가 아니면 안 되는 그 걸쩍한 입담뿐 아니라 그 자신의 모든 것이 바로 신선한 소재이기도 하였다. 한 예를 들면 중진 작가 천승세 씨의 장편소설 『사계의 후조』도 곧 유자를 모델로 하여 이룩한 작품이었던 것이다.

내가 오래전에 쓴 「그가 말했듯」이란 졸작의 주인공도 유자가 모델이었다. 주인공이 일인칭인 이 소설을 본 사람들은, 읍내에 말춰바위(곡마단)가 들어와서 악사들이 말에 원숭이를 태워 앞세우고 트럼펫 가락도 심란스럽게 가두선전에 나설 때마다 철딱서니 없이 단기(團旗)의 기수가 되어 우쭐거리는 주인공을 나의 과거사로 짐작하고 실소를 금치 못했다는 거였지만, 실은 유자가 그렇게 보낸 소년 시절이야말로 한쪽은 하릴없는 허드레 웃음거리였고, 한쪽은 공연히 웃어넘길 수만도 없는 애틋한 대목이 안팎을 이루고 있었던 것이다.

유자는 육이오 난리 이듬해에 한내(대천)의 구장터로 이사 오면서 대남국민학교로 전학하였다. 그는 전학하고 며칠이 안 되어서부터 스스로 존재를 드러내었다.

School. It only took a few days before the whole school knew who he was. The basis of his fame was his gift of gab that went off regardless of circumstance. His manner of speech was precocious and plentiful, as though he had been given feed and hay while the other children were raised on rice and porridge. Yuja never quailed and his infectious attitude never ebbed in the presence of teachers or older boys.

If a female teacher were about to reprimand him for returning to class late after break, and asked him what he had to say for himself, he would spin a yarn without skipping a beat, "A first-grader's pants fell down because she broke her belt playing hopscotch, and I didn't have the heart to leave a damsel in distress, so I stopped to help her."

And what did the teacher do?

Nothing. Rather than labeling him a troubled child or chasing him around with a stick or calling his mother to the principal's office, the school just considered him oil on water and let him be. In the end, he was such a landmark at Daenam Primary School that even those who didn't recognize the vice-principal knew Yuja by name and face.

But not everyone with a wicked repartee could

아무 데서나 주워대는 그 입담이 밑천이었다. 다른 아이들이 밥 먹을 때 모이를 먹고, 다른 아이들이 죽 먹을 때 여물을 먹었는지, 나이답지 않게 올되고 걸었던 그 입은, 상급생이나 선생님들 앞에서도 놓아먹인 아이처럼 조심성이며 어렴성이라곤 없이 넉살 좋게 능청을 떨어대었던 것이다.

일테면 여선생님이 쉬는 시간에 교문 밖에 나가서 딴전을 보다가 늦게 들어온 그를 불러 세우고 왜 늦었느냐고 다잡으며 따끔하게 혼내줄 기미를 보이면,

"일학년짜리 지집애가 오재미루 찜뿌를 허다가 사리마다 끈이 째서 끊어져 흘렀는디, 그냥 보구 말 수가 없어서 그것 좀 나우 잇어 주다 보니께 이냥 늦었번졌네유."

하고 '힘 하나 안 들이고' 넌덕스럽게 너스레를 떨며 둘러방치기를 하는 것이었다.

그럼 그대로 두었나?

그대로 두었다. 학교에서도 초저녁에 싸가지 없는 아이로 치부하여 매를 들고 성화대거나, 어머니까지 오너라 가너라 하면서 닦달하느니 보다, 숫제 배냇적부터 마치 우진마불경(牛嗔馬不耕)의 원진살이라도 타고난 녀석인 양 내놓아 버리는 것으로써 차라리 속이나 편키를

qualify as a school landmark.

He was as pliant and adaptable as cookie dough and twice as sweet. He had the wits to get snacks out of a hostile neighbor and possessed the hawk eyes and golden touch to beat a con man at his own game. He had the approval of the middle school boys who treated him as their equal, and his character was reflected in the entourage of all ages that always trailed him.

It goes without saying that his good-humored, outgoing nature had a hand in Yuja seeking out the ringmaster and volunteering to be the color guard every time the circus was in town.

Carrying a flag of unbleached muslin or hand-woven silk that said "New Seoul Circus" or something like it, Yuja led the circus parade like an absolute clown. On days when the flag swayed in the wind, Yuja would fight tooth and nail to hold the flag up, all the while teetering to and fro, sweat pouring from his face. He had the sense to take off his rubber shoes and tie them safely to his belt before they slipped off his feet, slick with sweat. But he did not realize that the people of Hannae were having a good laugh at his expense when he reeled madly through the marketplace.

도모한 셈이었으니, 마침내 교감 선생님의 이름은 몰라도 그의 이름을 모르면 대남학교 아이가 아닌 줄로 여기게끔 명물이 되기에 이르렀다.

명물은 되잖게 입만 되바라졌다고 해서 아무나 되는 것도 아니었다.

그는 보매보다 반죽이 무름하고 너울가지가 좋아 붙임성이 있었고, 싸움 난 집에서 누룽지를 얻어먹을 만큼이나 두룸성이 있었으며, 하다못해 엿장수를 상대로 엿치기를 해도 따먹은 엿토막이 앞에 수북할 정도로 눈썰미와 손속이 뛰어난 터수였다. 나이가 한참이나 위인 중학생들과 예사로 너나들이를 하고, 가는 데마다 시답지 않은 성님과 대가리 굵은 아우가 수두룩했던 것이다 그와 같은 사실을 증명하던 일이었다.

그 천연덕스럽고 숫기 좋던 붙임성은 말쉬바위가 들어올 적마다 맡아 놓고 모갑이(우두머리)를 찾아가서 단기의 기수로 자원하는 데에도 단단히 한몫했을 것은 두말할 나위가 없다.

그는 깃광목이나 무색 인조견 바탕에 '뉴-서울 써커쓰' 따위가 쓰인 깃대를 들고, 그 모양 나던 뒤뚱바리 걸음으로 가두선전반을 이끌었다. 바람이라도 있어서 기

The reason he so desperately wanted to be the color guard in spite of everything was the free admission he received in exchange for his services. However, he soon found another reason. One day, Non-gyu's father from next door, who came to Hannae as a day laborer during the war and found work in front of the market rice store as an A-frame porter, scolded Yuja, "You little fool, why do you dash around like a right nincompoop every time the circus is in town?"

"This is no ordinary circus. Girls in shorts do back flips! And it would be wrong to watch something like that for free, so I've got to pay any way I can," said Yuja the fourth-grader.

While the other kids sniffed around the circus tent that had been set up in front of the rice store, looking for small gaps to squeeze into and dispersing sullenly when the ringmaster shooed them away, Yuja marched in through the front entrance for free. Once inside, he sat with his legs drawn up in one corner of the mat and waited for the comely girl with lips as red as blood to do her act. But what good was entertainment on an empty stomach? Yuja and his scrawny frame, drowning in sweat after dragging a flag four times his size all

장 폭이 펄럭거리는 날은 깃대를 가누기는 고사하고 제 몸뚱이조차 고루잡기에도 힘이 부쳐 엎드러질지 곱드러질지 모르게 비칠거리면서 땀으로 미역을 감게 마련이었다. 그는 땀으로 미끈거리며 주책없이 자꾸 벗겨져 주천스럽던 고무신은 일찌감치 벗어서 허리춤에 차기를 잊지 않았지만, 그러나 그러고 까불거리면서 장터를 휘젓는 풍신이 바로 한내 사람들의 좋은 구경거리가 됐던 사실은 알고 있을 까닭이 없었다.

그가 번번이 기를 쓰고 기수가 되고자 안달을 했던 것은, 겨우 무료봉사에 한해서 무료입장을 보장했던 그 지지한 미끼에 눈이 가린 탓이었다.

하지만 그것도 초엽 어름에 잠깐이었다. 하루는 난리 때 노무자로 갔다 와서 육장 싸전머리에 노박이로 나앉아 지게벌이를 하던 이웃집 논규 아배가 보다 못해 한마디 나무랄 요량으로 핀잔을 하였다.

"이녀리 자슥은 밤나…… 너넌 뭣 땜이 말쉬바우만 들왔다 허면 그러구 혹해서 사족을 못 쓰구 댕긴다네?"

그는 서슴없이 대꾸하였다.

"그게 워디 그냥 싸카쓰간유. 사리마다만 입은 지집애덜이 사까다찌를 해쌌는디, 기도 보는 이가 여간 사람

over town and skipping lunch and dinner to do it, was exhausted. He was out of his wits at this point. He completely missed the spinning plates and the girl with the blood-red lips doing the barrel roll and woke up with a start when a carny who was sweeping the mats after the show whacked Yuja on the back with his broom. "Oi, scat! Go find your own mat to sleep on," the man scolded him.

Close to curfew, the lights had gone out in the houses and wind roared through the alleys, turning the familiar storefronts and chimneys sinister. But no matter how his knees threatened to buckle, Yuja refused to dash home. Although he had slept through half the show, he wasn't sorry. Even in the dark of night, he sang his way home—some popular song about a Persian prince who read his fate in the stars. Singing his way through the dark streets calmed him, and the thought of volunteering as color guard again to see the acts he had missed filled his little heart with anticipation.

Around the time of the cease-fire talks at the Panmunjeom, moving pictures came to Hannae. Before the arrival of the theaters and the films, all the inhabitants of Hannae had to watch were "Daehan News" or the "Liberty News" projected onto a

27

이 아닝께 그거래두 해주구서 봐야 션허지 워치기 그냥
만대유."

대남학교 사학년 때의 대답이었다.

그는 싸전 마당 한복판에 빙 둘러쳐 놓은 포장 어디
에 혹 개구멍이라도 없나 하여 우물쭈물 쭈뼛거리면서
이리 기웃 저리 기웃 얼씬거리다가 막대기로 삿대질을
하며 지키는 단원에게 걸리적거리고 성가시다며 지청
구를 얻어먹어 풀이 죽은 아이들 앞에서 여봐란 듯이
무료입장을 하였다. 그리고 깔아 놓은 멍석 귀퉁이에
옹송그리고 앉아서 이따가 그 쥐 잡아먹은 것 같은 입
술의 해반주그레한 계집애가 나와서 재주 부리는 차례
를 기다렸다. 그러나 공 구경도 속이 든든해야 보이는
것이 있는 법이었다. 여린 삭신에 저보다 서너 길이 넘
는 깃대에 시달려 옷이 척척하도록 땀을 흘리며 읍내를
헤맨 터에, 점심 굶고 저녁 걸러 곤할 대로 곤하고 허기
진 몸이, 기름독에 빠졌다 나온 사내가 버나(접시돌리기)
를 한들 보이고, 쥐 잡아먹은 입술이 통굴리기를 한들
보일 리가 없었다.

"인마, 어여 집에 가서 자빠져 자."

그는 매양 소스라치면서 눈을 떴다. 깨어 보면 막은

sheet at the local rice store.

First, the silent films came accompanied by a phenomenal narrator who could juggle twelve roles at the same time. Then came the speaking films that were not as great as the silent films because the speakers were always malfunctioning. Lastly, there were the natural color films. Except, there was nothing "natural" about the natural color films—mostly Westerns where artificial rain poured from beginning to end while the actual sun beat down on the set. What's worse, when the story finally got to the good part, the film would break. When the movie started up again a long while later —long enough for the old man sitting in front the front row to finish a whole Bluebird extra tar cigarette—so many scenes had been skipped or omitted at this point that the story didn't make any sense anymore.

The natural color Westerns also came with a narrator.

"Stop! Stop that Indian, or the movie will end! And lo, one brave cowboy sitting tall on his horse comes forth! That's right, he comes forth from beyond the horizon. Look how he chases the Indians! That's right, he chases the Indians across the wild

아까아까 내린 뒤였고, 구경꾼이 두고 간 쓰레기와 썩음썩음한 멍석에 쌓인 답쌔기를 쓸던 단원이 대빗자루로 등짝을 냅다 갈기는 바람에, 저도 모르게 앉은 채로 곯아떨어져 있다가 그렇게 실없이 혼이 났을 따름이었다.

야간 통행금지 시간이 다 되어 집집이 불을 끄고 찬바람만 휑하던 골목길은, 만날 그 앞으로 지나다니는 가겟집들의 굴뚝 모퉁이마다 왜 그렇게도 껄쩍지근하고 떨떠름하니 무서웠는지 몰랐다. 그렇지만 아무리 오금탱이가 저리고 당겨도 뜀박질은 하지 않았다. 졸음이 쏟아져서 반도 넘게 놓친 것도 그리 억울하지가 않았다. 그는 오히려 캄캄한 오밤중임에도 별을 보고 점을 치는 페르샤 왕자, 어쩌고 하며 그 무렵에 한창 유행하던 노래를 콧소리로 흥얼거렸다. 밤길에 노래를 하면서 가다 보면 무섬증이 훨씬 덜했으니까. 그리고 다음날도 기수를 맡아서 보다가 못 본 것들을 마저 보게 되려니 하면 다시금 신이 나지 않을 수 없었으니까.

판문점에서 정전회담이 오락가락하던 무렵에는 싸전 마당에 화면이 홑이불만 한 '대한 늬우스'나 '리버티 늬우스'가 고작이던 한내에도, 난리가 시나브로 꺼끔해진 뒤로는 가끔가다 활동사진(극영화)도 들어오기 시작하

prairie. But who! Who is this noble cowboy? Why, who else but Tom! That's right, Tom the Brave..."

His throat worn down to an abraded whisper, the narrator who liked to repeat himself for emphasis always came with the Westerns because we did not yet have the technology for subtitles. This was before we had viewings at the town hall and used old straw bags as sitting mats, when one alley off the market was closed off on both sides for a make-shift theatre. On rainy days, patrons were tempted to forgo the whole ordeal and go home, but they had to stay for the admissions fee they'd already paid. Soaked to the bones and frozen stiff by the time they were home, they were, nonetheless, just happy to go to the movies.

It goes without saying that Yuja, who would do anything for a good show, was crazy about moving pictures. When the pictures came to town, he volunteered faster than any other boy to be the "sandwich man," a walking advertisement with posters hanging down the sandwich man's front and back. He wandered all over town with those posters, every street and every alley, his ironed pant legs so soiled by the end of the day that no amount of lye could get the stains out. Yuja never

였다. 되게 수리목지른 변사가 혼자서 열두 가지 소리를 내던 벙어리영화(무성영화)가 들어오고, 확성기가 끓탕이어서 차라리 벙어리영화가 낫던 발성영화도 들어오고, 그런가 하면 어쩌다가 천연색영화까지도 들어오는 것이었다. 말이 천연색이지 영화에서는 어리 중천에 해가 쨍쨍한데 화면에서는 영화가 다 끝날 때까지 가랑비가 줄창 쏟아지고, 그러고도 모자라서 바야흐로 볼만한 대목에 이르렀다 싶으면 제멋대로 필름이 툭 하고 끊어졌다가 앞에 앉은 영감이 독한 파랑새 담배 한 대를 거진 다 태운 뒤에야 아까 그 대목은 훌쩍 건너뛰고 생판 딴 장면이 튀어나오던 서부활극이 그 주종이었다.

천연색 서부활극에도 변사가 따랐다.

"아, 저 인디안을 잡아라, 놓치면 영화 끝난다. 그러자 그때 저 인디안을 향하여 마상에 높이 앉아 황야를 달려가는 한 사나이가 있었던 것이었었으니, 자, 그는 과연 누구라는 사나이였었던 것이였었더냐. 그렇다, 그 사나이는 바로 우리의 톰이라는 사나이였었던 것이였었던 것이였었다……."

목통이 다 닳아버린 목소리로 '것이였었던 것이였었다'를 즐기던 변사가 그렇게 따라다녔던 것은, 그때까지

once completed his assignments for school when he was being the sandwich man.

Once again, it was grueling work for no pay and the townspeople were too busy laughing at him to take pity on him and offer him a bowl of noodles, but the rule of free admission for free labor applied to all folks in the entertainment business whether they were running a circus in a top hat or running a movie business in a fedora.

Even though a walking billboard was not the most glamorous job, Yuja would sometimes fumble and bungle and lose his privilege to another boy during the sweltering summer months. Yuja usually left school during lunch and P.E. to sell ice cream out of an icebox, and would sometimes sit so transfixed by the snake oil seller's show down by the cattle market that he would lose track of time.

Still, Yuja never missed a movie. Yuja was hand-picked to be the messenger pigeon for the disabled veteran who guarded the town hall. He did odd jobs for him and sometimes delivered his love letters. Yuja served him with the undying loyalty and enthusiasm of a hound and was rewarded accordingly. It was a time when all matches were Joil brand and all rubber shoes were Manwols. It was a

도 우리나라엔 화면에 자막을 넣는 기술이 없었기 때문이었을 터이었다. 일제 때 지은 농업 창고에서처럼 한동안 가마니때기를 깔고 볼 수밖에 없었던 면공관조차 아직 생기기 전이었으므로, 장터의 한 골목을 양쪽으로 막은 노천 가설극장에서 그나마 어중간하여 비라도 오는 날이면 초장에 구경을 품 메는 편이 나을 성싶은 데도 본전 생각에 못내 자리를 못 뜬 채, 보면서 젖고 가면서 얼고 해도 별로 흥이 아니었던 시절의 일이었다.

구경이라면 제백사하던 취미에 하물며 활동사진이 들어올 때였겠는가. 유자는 영화가 들어올 때에도 남에 없는 부지런을 떨어서 이른바 샌드위치맨이 되기를 자원하고 나섰다. 앞뒤로 포스터를 붙인 널빤지 거지게를 짊어지고, 일껏 다려 입힌 바짓가랑이를 양잿물에 삶아도 소용이 없도록 휘지르면서, 걸어 다니는 광고판 노릇으로 골목골목을 쏘다니기에 숙제 한 번을 제대로 해 간 적이 없는 학생이었던 것이다. 역시 웃느라고 자장면 한 그릇 먹어 보란 말이 없었던 생고생을 사서 하는 일이었으니, 무료봉사에 무료입장의 원칙은 개똥모자 비껴쓰고 사람을 돌려먹는 흥행업자나, 중절모자 제껴쓰고 기계를 돌려먹는 흥행업자나 매양 그 사람이 그

time when Jo Mi-ryeong (I'll bet you anything she's a frumpy old woman now endlessly reminiscing about her glory days) played the young widow in every movie and stirred all manners of new feelings in the hearts of country folk who had until only concerned themselves with food and sleep until they saw her on the screen for the first time, and a time when people bluffed each other during card games and turned up the heat but no one could remember which pairs were higher.

3

It was a month after I started middle school when I first saw Yuja.

We had math for first period, but the teacher wasn't in that day so we had to combine classes with the next class. All through primary school, I had never gotten over fifty percent on any math test. Whether we were on geometry or algebra, there was no worse hell for me than math class. So whenever I heard that the math teacher was out, I was as overjoyed as a child on his birthday. Regardless of what kept her from work, the fact that there would be no math class put me in a merry

사람이었던 모양이었다.

비록 걸어 다니는 광고판 노릇이었을망정 무더운 여름철에는 엄벙덤벙하고 덤벙거리다가 더러는 남의 손에 빼앗기는 날도 없지가 않았다. 그가 점심시간이나 보건시간(체육시간)에 학교에서 빠져나와 아수꾸리(아이스케키) 통을 메고 돌아다니다가 쇠전 마당 근처에 전을 벌이고 떠드는 약장수 구경에 넋을 놓아 한참씩이나 충그리게 된 결과가 그것이었다.

그래도 영화는 빠뜨리지 않고 구경을 할 수가 있었다. 면공관에 문지기나 들무새로 있던 상이군인 아저씨의 연애편지 배달원으로 선발되어, 주막 강아지 부엌 드나들 듯이 꺼먹고무신이 닳창이 되도록 들락거리고 다닌 보람이었다. 성냥 하면 천안 조일표, 고무신 하면 군산 만월표밖에 몰랐던 시절, 그러니까 지금은 우둥퉁한 노파가 되어 십중팔구 하염없이 추억이나 되새기고 있을 조미령이 일쑤 새파란 과부로 분장하고 나와서, 밥만 먹고 잠만 자던 촌사람들의 무딘 가슴을 이리 집적 저리 집적하여, 육백을 치면서 조인다고 조여도 국진 열 끗이 목단 열 끗으로밖에만 안 보였던 어수룩하던 시절의 일이었다.

mood.

But I wasn't all smiles that day. The next class had industry and technology during our math period, and the industry and tech teacher was known throughout as "the Brute." He had an explosive temper and liked to call students to the office for beatings.

"Clamp down, or you'll have nothing left to chew with," he would petrify the student and pummel him on both cheeks with his fists. That was the Brute's signature move. And boy did he know how to deliver a punch. He could make sparks fly and the world spin with just one blow. Naturally, everyone lay low during his class and from the outside it sounded like there was no one else in the classroom but the Brute. An oppressive air, much like bad weather, stifled us in the classroom.

That day was no exception. We already had seventy students to a class, and with two classes combined and four students at each desk that was hardly big enough for two students, you couldn't move an inch without jabbing something in the side. But when the Brute entered, the class instantly fell as quiet as the pantry of a pauper's house. No one dared make a sound.

3

내가 유자를 처음 본 것은 중학교에 들어가고 한 달 포나 됐나 해서였다.

그날은 첫 시간이 수학시간이었는데 수학 선생님이 결근을 하는 바람에 옆 반하고 합반으로 수업을 하게 되어 있었다. 나는 국민학교에서도 내내 셈본만큼은 오십 점을 넘어본 적이 한 번도 없었으므로, 기하고 대수고 간에 수학시간이라고 하면 으레 지옥도 그런 지옥이 없이 걱정이 태산이었다. 그러니 수학 선생의 결근은 선생의 사정 여하를 떠나서 무슨 경사를 만난 것이나 진배없이 반가워하였고, 그날은 단지 수학시간을 까먹게 되었다는 사실 하나만으로도 온종일 흐뭇한 기분에 젖어서 지내는 것이 보통이었다.

그런데 그날은 무턱대고 그리 좋아만 하고 있을 형편이 아니었다. 옆 반의 시간표에 맞추어 합반으로 때워야 할 시간이 하필이면 실업시간이었기 때문이었다. 실업 선생은 싸낙배기였다. 성질이 벼락인 데다가 툭하면 불러내서 덮어놓고 매질을 해대는 것이었다.

"어금니 꽉 다물어, 안 그러면 이빨 안 남어."

Five minutes into the class, the back door slid open with a loud bang and a latecomer walked in. I stole a glance at him and saw that he was about medium height with a large, bloated face, eyes unreasonably small, and nose gratuitously large. It was Yuja.

You're dead... I thought to myself as I held my breath and waited for the inevitable to unfold.

"Tsk... why is this fool late again?" the Brute roared as the full force of his anger rushed to his terrifying face. I was so stricken with fear that I could hardly breathe, but the boy did not seem at all afraid.

"I was late because the dog at the bicycle shop near the school is getting it on with some neighborhood dog, and they wouldn't quit."

"Enough yammering and find your seat."

The Brute, instead of knocking him around silly, flashed a grin so wide that his gold teeth showed. That was the moment Yuja won the approval of the Brute, and so easily, too.

I briefly wondered who beat up the Brute so savagely that he had to have so many teeth replaced with gold ones, but the one question I could not get out of my head through the remain-

실업 선생은 불러낸 아이에게 그렇게 미리 겁을 준 다음, 두 주먹으로 두 볼을 번갈아 가면서 사정없이 쳐 돌리는 것이 장기였다. 손도 여간 맵지가 않았다. 한 대만 맞아도 눈에 불티가 일면서 머리가 휘둘리어 어질어질하였다. 그래서 실업시간만 되면 죄다 지레 얼겁이 들어서 선생이 수업을 마치고 나갈 때까지는 교실에 실업 선생 외에는 아무도 없었던 것처럼 허망할 뿐 아니라 공기도 끄무러진 날씨처럼 한없이 무거울 뿐이었다.

그날의 그 시간도 예외가 아니었다. 그러잖아도 한 반이 칠십여 명이나 되어 여유가 없는 교실에, 두 반이 뒤섞이어 둘씩 앉기에도 빠듯한 걸상에 넷씩이나 엉겨 붙으니 앞이고 옆이 복잡하여 옴나위를 할 수가 없을 지경이었다. 그래도 수업이 시작되자 먼지가 자욱하던 교실이 이내 없는 집 장광처럼 조용해졌다. 누군들 잠음 한마디라도 새어 나갈세라 감히 조심하지 않을 수 있을쏜가.

그런 와중에도 수업이 시작된 지 한 오 분쯤 하여 드르륵하는 문짝 소리도 요란하게 뒷문을 밀고 들어오는 지각생이 있었다. 재빨리 훔쳐보니 키는 중간 키요, 두툼하고 너부데데한 얼굴에 눈은 까닭 없이 작고 코는

der of that class was how the hell a dunce like Yuja did well enough on the entrance exam to get into middle school when the competition was one in three.

Since that day, I often saw a teacher hitting Yuja over the head with the roster book, but it was never because he got into a row with anyone or upset the teachers. He was a klutz. He had slow reflexes and knew better than to get into fights he could never win. So when the roster book landed on his head, it was usually because he was caught referring to an unwed teacher as "the matron," or the vice-principal as "principal vice."

After all, he had the Brute's approval and that says it all. He graduated without so much as a detention.

He and I were, of course, not close. No surprises there. First of all, for all three years of middle school we were never in the same class. I always thought it was a good thing that I was never classmates with that absent-minded chatterbox, and it probably never even occurred to him to be friends with an invisible loser like me who always had his nose stuck in a book.

Speaking of invisibility, an incident from middle

쓸데없이 크막한 옆 반 아이, 지금 이야기하고 있는 그 유자였다.

너는 죽었다…… 나는 그렇게 줄을 치면서 나부터 숨을 죽이고 뻔한 순서를 기다렸다.

"실…… 저놈의 자식은 또 왜 지각이여?"

실업 선생은 성깔을 있는 대로 얼굴에 모으면서 뻣성 있는 억양으로 물었다. 나는 나더러 물은 것이나 다름없이 숨이 막힐 지경인데 그 아이는 뜻밖에도 전혀 그렇지가 않은 것이었다.

"거시기, 저 교문 앞서 자즌거포집 가이가 워떤 집 수캐허구 꿀붙었는디, 여적지 안 떨어져서 늦었슈."

"나불거리지 말구 들어가 앉어."

실업 선생은 불러내어 주먹을 쓰기는커녕 금이빨을 반짝이면서 웃기까지 하는 것이었다. 그가 호랑이 선생에게서도 간단히 면허를 따던 순간이었다.

저 선생님도 왕년에 누구한테 이빨이 안 남아나서 저렇게 금니를 한 것인가, 나는 얼핏 그런 엉뚱한 생각도 들었으나, 그 시간이 다 가도록 내 머릿속을 떠나지 않고 있었던 것은, 저런 천둥벌거숭이가 어떻게 하여 삼 대 일이나 되었던 경쟁을 이기고 중학교에 들어올 수

school haunts me to this day. This was the second year of middle school. My homeroom teacher summoned me down to the teacher's office where Ms. Paik, who had been teaching me biology and art since the first year and had me four or five times every week, alternately looked at my face and my name tag as though she had never seen me in her life.

"Hey, which class are you?"

"Class One, ma'am."

"No, you're not."

"I am, too."

"You're not in Class One."

"But I am."

"When did you transfer?"

"I didn't. I've been here since my first year."

"Where do you live?"

"Daecheon."

"So you went to Daecheon Primary School?"

"I did."

"Really? How come I've never seen you before?"

I had so little presence that my teacher, who taught me two classes over two years did not recognize me. It came as no surprise that a popular kid like Yuja never noticed me.

있었을까 하는 의문이었다.

나는 그 뒤로도 선생의 출석부가 그의 머리통에 떨어지는 것을 심심치 않게 구경할 수가 있었다. 누구하고 다툰다거나 선생이 발끈하도록 일을 저질러서가 아니었다. 그는 운동신경이 젬병이어서 아이들과 툭탁거리는 일 따위는 애초에 엄두도 내지 못하던 둔발이였다. 그러므로 출석부가 그의 머리통에서 둔탁한 소리를 냈던 것은, 기껏해서 처녀선생님을 '우리 아줌니'라고 부른다거나, 교감 선생님을 '꼬깜(곶감)'으로 부르다가 들켰을 때뿐이었다.

호랑이 선생에게서까지 면허를 딴 터였으니 다른 선생님들의 이야기는 하나마나한 일이다.

그는 정학 한 번 맞아 본 일이 없이 학교를 마쳤다.

나하고는 물론 가까운 사이가 아니었다. 서로가 시들하게 지낸 것이 오히려 당연한 일이었다. 첫째는 삼 년 동안에 단 한 번도 같은 반이 되어 본 일이 없었다. 게다가 나는 그 번잡하고 어수선한 아이와 한 반이 되지 않은 것을 늘 다행으로 여기고 있었고, 그는 또 그 나름으로, 지지리 못나 터져서 아무 존재도 없이 한갓 소설책 나부랭이나 들여다보는 것이 일이던 나를 처음부터 쳐

I never once fretted over an aptitude assessment or a final exam, but I could not put my novels down even during exam periods. These were ignorant times when people thought that there a child had no hope for a proper adulthood if he read novels.

Yuja and I met in middle school and went our separate ways upon graduation. We took different paths.

He stayed in Hannae to find himself work. His uncle was farming the family land, so money was not a pressing need. However, as we can see from Yuja's exploits as the nine-year-old ice cream vendor at Daenam Primary, his interest in work had far exceeded his interest in academics since back when his bones were still soft. This was the result of his unusual curiosity, appetite for mischief, and his inability to sit still for two seconds together.

The next thing that captured his curiosity was the film projector at the town hall. It was a step up from the circus color guard and the walking billboard. There was nothing in the world he envied more than the film projector operator at the town hall, which is why he signed up to be the film projector operator's apprentice. Again, for free. But his

주려고 하지 않았던 것이다.

존재라는 말이 나올 때마다 지금도 불현듯 생각나는 일이 있다. 이학년도 다 돼서였다. 하루는 무슨 일인가로 담임선생의 호출을 받아 교무실에 갔더니, 입학하고부터 줄곧 생물과 미술을 담당하여 일주일에도 너더댓 시간씩이나 교실에 들어왔던 백모 선생이 내 얼굴과 명찰을 번갈아 가며 쳐다보고 나서, 암만 봐도 처음 보는 아이란 듯이 이러고 묻는 것이었다.

"야, 너는 워느 반 애냐?"

"일반인디유."

"니가 왜 일반여?"

"기유."

"일반에 너 같은 애가 워딧어?"

"있슈."

"원제 전학 왔는디?"

"입학허구버터 여태 댕겼는디유."

"집이 워딘디?"

"대천유."

"그럼 대천국민핵교 댕겼게?"

"그렇지유."

dream of being the film projector operator never came to be. Projectors were rare and difficult to fix once they broke down, so no one was allowed near the machine. Yuja trailed the operator for quite some time without hope of ever getting to touch the projector, much less learn to operate it. Ox-drawn carts at the Hannae Market still outnumbered cars, which slowed traffic and trade. Gramophones were difficult to come by and the stereo was more or less a myth. So it didn't matter if Yuja frequented the "Good News Audio" around the corner from the bookstore like it was his own home. All that made it to Hannae were Zenith Radios that deteriorated into steady hums of static within a week.

But he did learn something from his apprenticeship. He learned to wire the loud speakers that were used for the outdoor makeshift movie theatres. You may ask how this qualifies as a transferable skill, and argue that it is unwise to bank on a future in speaker wiring. But was it? On occasion, his skill proved handy, even vital.

The Liberty Party seemed to have come to the end of the road, and with the upcoming congressional elections nearly on hand, the Liberty Party's

"그려? 그런디 왜 그렇게 통 존재가 읎어?"

이태 동안이나 두 과목을 가르친 선생도 못 알아보던 무존재였으니, 그 유명하던 아이가 나 같은 것쯤 안중에도 없었을 것은 열 번 당연한 일이었다.

나는 일제고사니 기말고사니 하는 것에 한 번도 긴장해 본 적이 없었다. 그리고 시험 기간 직전까지 손에서 놓지 못하던 것이 소설책이었다. 어린것이 소설책을 읽으면 어려서부터 사람 되기 다 틀린 줄로 알고 눈 밖으로 보던 어지간히 무식했던 시절의 일이었다.

유자와 나는 중학교 입학으로 만나고 중학교 졸업으로 헤어졌다.

가는 길도 달랐다.

그는 한내에 주저앉아 직업을 생각하고 있었다. 숙부가 주관하여 지어주는 농사가 있었으니 사는 것이 급해서가 아니었다. 대남학교 삼학년 때 점심시간마다 몰래 나가서 아이스케키 통을 메었던 것으로 알 수 있듯이, 그가 미처 뼈도 여물기 전에 학업보다 직업을 먼저 생각했던 것은 오직 유별난 장난기와 호기심, 그리고 하루도 진드근히 앉아 있지 못하는 왕성한 활동 의지의 작용이었다.

oppression of the Democratic Party grew bolder. They began hazarding sabotage in broad daylight. Hired professionals went to every one of the Democratic Party regional chair or candidate's speeches and wrecked the venues, starting by cutting the speaker wires. This was where Yuja came in. He carried the loudspeaker, which was about as heavy as an anvil, and maneuvered over rooftops so slippery even the mice preferred to avoid them. Of course, this was also pro bono. Even as a young man, he felt the injustice of the ruling party's oppression of the opposition party and he resolved to fix the wiring for the underdogs.

The regional chairman, moved by Yuja's good heart and bravery, treated him as a colleague. Following party precedents, Yuja's free labor was rewarded with free party membership. His youthful sense of justice made him a youth member of the election campaign.

As Yuja traveled all over the province in the regional chair's Jeep, Yuja's unusual curiosity and appetite for mischief was rekindled. When the campaigners had a meal of rice wine and pork, Yuja also had rice wine and pork. Whereas other boys his age had just reached the threshold to puberty,

호기심의 첫 대상은 면공관의 영사기였다. 곡마단의 기수와 걸어 다니는 광고판에서 한 걸음 나아간 것이었다.

그는 면공관의 영사기사처럼 부러운 것이 없어서 그 조수가 되기를 자원했다. 역시 무료봉사였다. 그러나 영사기사의 꿈은 끝끝내 이루어지지 않았다. 그때만 해도 영사기가 한 번 고장나면 근방에서는 고칠 데가 없어서 행여 함부로 만질세라 기계 근처에는 얼씬도 못하게 하였으니, 얼마를 쫓아다녀도 영사기에 대한 요리를 익힐 기회는 도무지 가망성이 없었다. 한내 장날은 여전히 자동차보다 소달구지가 붐벼서 교통이 복잡하던 시절이라 전축은 그만두고 유성기조차 드물었고, 그리하여 명문당 옆댕이에 있는 기쁜소리사를 아무리 주살나게 드나들어도 영사기 비슷한 것은 고사하고 일껏 고쳐 봤자 며칠이 안 돼 도로 바글대는 제니스 라디오 따위나 구경하고 말 뿐이었다.

그래도 한 가지 보아 둔 것은 있었다. 노천 가설극장에서나 쓰이던 확성기의 배선 요령이 그것이었다. 하지만 그것은 어디까지나 요령이었지 기술은 아니었다. 그러니 기술 축에도 못 드는 그까짓 것을 장차 무엇에 써먹는단 말인가.

Yuja was having firsthand experience of the adult world. Yuja's curiosity did not stop at the thick, opaque rice wine but moved on to driving the Jeep. Driving, after all, was a transferable skill. But his resolve to be a driver was discouraged immediately. The election was over and the regional chairman had lost. It seemed Yuja's day in the sun would never come.

4

A member of an opposition party that could not help him get ahead, Yuja's lifestyle grew itinerant and costly to maintain. After a period when Yuja felt everything was damned whether he did something about it or not, his luck was about to change. He was about to hop on the coattails of the April Revolution, say goodbye to his unpaid laborer days, and begin a new life in Seoul.

In the congressional election immediately following the April Revolution, the regional chair won by a landslide. As a third-time elected official, close cohort of Jang Myeon (president of South Korea following the April Revolution), and a member of the party leadership in the newly formed Democratic Party,

그런데 그런 것만도 아니었다. 꼭 한 군데 필요한 경우가 있었다.

때는 어언간에 자유당이 말기 증상을 보이기 시작하던 때였다. 국회의원 선거가 다가오자 민주당에 대한 탄압이 벌건 대낮에도 버젓이 벌어졌다. 민주당 지구당 위원장 겸 후보의 개인 유세장마다 직업적인 선거꾼이 몰려다니며 확성기 줄부터 끊어 놓고 난장판을 벌였다.

유자는 그럴 때마다 확성기 줄을 손보아 주었다. 쇳덩이나 다름없이 무거운 확성기를 걸머메고 생쥐들도 매끄러워서 꺼리던 가가의 함석지붕을 아슬아슬하게 오르내리며 확성기를 설치하는 일도 그가 자청하고 나선 일이었다. 어린 소견에도 여당의 횡포에 반감이 일었던 것이며, 그에 대한 반사작용으로 야당의 일손을 거들게 된 것이었다.

위원장은 그의 올바른 심성과 용기를 기특하게 여겨 동지로서 대하였다. 전례에 따라 무료봉사에 무자격 입당이 이루어졌다. 천진난만한 정의감이 미성년 선거 운동원으로 이어진 것이었다.

위원장과 함께 지프를 타고 관내를 누비는 동안에 그 유별난 장난기와 호기심이 다시금 들먹이기 시작했다.

the regional chairman was appointed to the position of Minister of Finance when the Democratic Party came into power.

Yuja moved into the minister's house, but this time as a member of the household, not a political parasite. The first remedy for his long-dispirited ego was an official business card. Yuja carried around his business cards the way poor people who suddenly came into money renovated their ancestors' gravesite to show off to the villagers. His title was "Secretary to Minister Min." The business card added wings to his outgoing, chummy, thick-skinned, and resourceful nature, and propellers to his silver tongue, curiosity, and mischief.

Whereas nothing worked out before, everything worked out now that he had business cards to hand out. His real position was nothing more than the household staff of a minister, but the sovereignty of Yuja's activities resided in him, and all authority emanated from his business cards.

Yuja was conscripted into the military when he became of age. But he put it off as he had no intention of going, and before long he found himself a draft evader. He solved this problem by carrying around fake discharge papers.

선거 운동원들이 비계 한 점에 막걸리 한 사발로 요기를 하면, 그도 덩달아서 비계와 막걸리로 끼니를 에우게 되었다. 같은 또래의 아이들이 겨우 사춘기의 문턱에 이르렀을 무렵 그는 단계를 건너뛰어 성인들의 세계를 넘성거리게 된 것이었다.

지프를 타고 다니다 보니 그의 호기심은 틉틉하고 트릿한 막걸리에만 머물지 않고 자동차 운전으로 옮겨 갔다. 운전은 기술에 속하는 것이었다.

운전수가 되기로 작정하니 이번에는 오던 기회가 달아났다. 선거는 끝나고 위원장은 낙선이었다. 기를 펴 볼 날이 갈수록 멀어지는 것이었다.

4

생기는 것 없이 야당붙이가 되고, 따라다니다 보니 발이 넓어지고, 그렇게 지내고 있으니 씀씀이만 커지고 하여, 날이 좋으면 좋아서 심란하고, 날이 궂으면 궂어서 심란하고 하던 그에게도 드디어 반짝 경기가 슬며시 다가오고 있었다. 반짝 경기의 내용은 사월 혁명의 여덕을 누리는 일이었고, 무료봉사를 졸업하는 일이었고,

Hanging around with political parasites, it appeared a college diploma was important. He solved this problem by forging a college diploma—from a prominent university within the four walls of Seoul at that.

Unfortunately, the opportunity to use his credentials never came. The military coup overturned the government in the following May.

The minister was arrested for embezzlement. His household staff was also taken somewhere. As soon as Yuja entered the room, he knew it would be no work at all to turn a person into fine powder just by using the objects in the room.

The interrogator went through Yuja's things, found his business card, and looked up and down at him as though he was surprised that a man of his appearance held such a title. He stared down at Yuja and asked him what his responsibilities were as "secretary."

"I was a domestic secretary," Yuja improvised. The interrogator, who had never heard of this job title, pressed Yuja for information.

"I was in charge of the boiler room, groceries, and sweeping the yard...?" Yuja listed all the most inane chores he could think of. They would not

서울 생활을 수습하는 일이었다.

사월 혁명 직후의 총선에서는 위원장의 낙승이었다. 민주당 신파의 참모이자 장면 씨의 측근으로 삼선 의원이 된 위원장은, 민주당의 신파가 정부를 맡게 되자 대번에 재무부 장관으로 입각하였다.

그도 위원장의 자택에 입주하였다. 정치 식객으로 주저앉은 것이 아니라 동거인이 된 거였다. 직책은 무엇이었든 오랫동안 움츠렸던 기를 펴보기 위해서는 당장 있어야 할 것이 대외용 명함이었다. 쓸쓸했던 집의 자제들이 넉넉해지면 조상들의 무덤치레부터 하여 행세하려 드는 심정으로 명함을 찍어 가지고 다녔다. 직함은 민의원 의원 비서관이었다. 명함은 숫기 좋고, 반죽 좋고, 붙임성 있고, 두룸성 있는 외에, 입담과 장난기와 호기심을 겸비했던 그에게 두 발에는 발동기가 되고, 두 팔에는 팔랑개비가 되어 주기에 부족함이 없었다.

명함이 없을 때는 되는 일이 없더니, 명함을 쓰면서부터 안 되는 일이 없었다. 신분은 장관을 겸직한 의원의 자택 동거자에 지나지 않았으나, 활동의 주권은 그 자신에게 있고, 모든 권력은 그 명함으로부터 나왔다.

입대할 나이가 되었으나 생각이 없어서 미루적거렸

have found much more than stray tobacco powder if they hung him by the ankle and beat him with a stick all day, so he was quickly released.

They say the hearth and chimney remain even after the roof has collapsed, but now that the minister's household was history, Yuja had barely enough for a train ride home.

He returned to Hannae.

Only one path remained for Yuja—the army.

Joining the army in those days translated to battling a hunger that plagued you from the moment you put down your spoon to the next mealtime when you picked it up again. But Yuja never once went hungry in the army, not even when he was a trainee. Once again, his unfailing gift of gab saved him.

The trip to the Nonsan Training Facility was long. The trainees gathered in Hongseong and took the slow train all the way up to Cheonan, then finally transferred to the Honam line in Daejeon. The whole trip did not end until the day turned to night and night turned to day again.

The man who sat next to Yuja in Hongseong, quite a bit older and grimier than Yuja and not so foul-smelling as he appeared, got off at Onyang

더니 시나브로 병역 기피자가 되어 있었다. 그래서 제
대증을 만들어서 넣고 다녔다.

정치 식객들과 어울리다 보니 대학 졸업장도 필요할
듯하였다. 그래서 대졸 학력을 만들었다. 서울 사대문 안
에 있는 명문 대학의 졸업생으로 구색을 갖춘 것이었다.

그랬으나 만든 학력을 활용할 기회는 오지 않았다. 이
듬해 오월의 군사 정변이 먼저 들이닥친 것이었다.

집주인이 부정 축재자로 몰려 잡혀갔다.

동거인도 끌려갔다. 그가 안내된 곳은 그 자리에 있는
것들만 쓰더라도 그 한 몸 뼈를 추리기에는 일도 아닐
듯한 방이었다.

수사관은 소지품을 뒤져내어 명함이 나오자 보기보
다는 딴판이란 듯이 무슨 명색의 비서였느냐고 눈을 부
라렸다.

"저는 가정 비서였는디유."

그가 엉겁결에 둘러댄 말이었다. 수사관은 듣다가 처
음 듣는 직종이라 싶은지 구체적인 내용을 다그쳤다.
그는 기중 무난할 성부른 것으로만 주워대었다.

"보일라실두 드나들구, 시장두 왔다갔다허구, 마당에
빗자루질두허구……."

and left a shabby little parcel behind that Yuja did not notice until the train had pulled out of the station. Yuja picked it up carefully and was disappointed it wasn't food, but was glad that it felt like a book, whatever the subject.

He opened the parcel hoping to find something entertaining to read, and found two books. One was a *saju* (fortune telling) manual that could be found on every street corner in Seoul, and the other was the *Cheonseryeok*, the "thousand year calendar" that was generally known as the companion guide to the *saju* book.

Yuja leafed through the *saju* book that was written in terms simple enough that anyone who could read could use it to tell someone's fortune just by using the person's date of birth. He started reading to keep himself entertained, but as the train was detained an hour in Cheonan, dawdled through Jochiwon, and stopped for who knows what in Daejeon, the book kept Yuja occupied. Perhaps too occupied. People from all parts of the train car lined up to have their fortunes read. Yuja had the *Cheonseryeok* with him, so he didn't have to bother using his fingers to calculate his customer's birthday, month, and year in the sexagenary cycle

그는 털어 봤자 담배 부스러기밖에 나올 것이 없는 몸이기에 그 이상의 닦달을 면할 수가 있었다.

오막살이가 무너져도 아궁이하고 굴뚝은 남는 법인데, 재무부 장관 집이 한물가 버리니 그에게는 장항선 기차 삯도 근근하였다.

한내로 돌아왔다.

길은 이제 한군데밖에 없었다.

군대 가는 길이었다.

군대는 가면 숟가락도 놓기 전에 꺼지는 배로 하여 허천들린 듯이 낄떡대던 시대였지만, 그의 병영 생활은 훈련병 시절부터 배를 곯아 본 일이 없었다.

입이 벌어먹인 덕이었다.

논산 훈련소로 가는 길은 먼저 홍성읍에 집결하여 가다 서고 가다 서고 하는 완행열차로 천안까지 올라왔다가 대전으로 꺾어져서 호남선을 갈아타는 노정 탓에, 으레 낮차가 밤차 되고 밤차는 낮차가 되어야 비로소 자리를 털고 일어설 수가 있었다.

그가 홍성에서 자리를 잡은 옆자리에는 중씰한 연배에 주제꼴이 꾀죄죄하면서도 생긴 것보다는 땀내가 한결 덜한 사내가 앉아 있었는데, 그이가 온양에서 내릴

terms.

Since his luck started to take a strange turn for the better, he had no reason to keep his oratory under wraps. With every customer old or young, he spoke formally in the beginning and informally toward the end because nothing says expertise like condescension.

For the *saju* reader, the fortune itself was not as important as the interpretation, and the interpretation itself not as important as the clever, chatty delivery. He picked up this trick of the trade on the train. Besides, hanging around political parasites had taught him nothing if not the art of embellishment and dramatization. He added a little detail here and there, finished with a flourish, and his reading was perfection.

"I hear one of the trainees is a fortune teller," was the first rumor to circulate in the training camp when Yuja arrived in Nonsan. Yuja's reputation literally preceded him, and this meant a smooth ride through the military service for him. While the other trainees were kicked around and scrambling to get through each day, Yuja strolled through the training facility with a contented smile on his face.

From day one, he was busy posing as a famous

때는 몰랐다가 차가 뜨고 난 뒤에야 허름한 보퉁이 하나를 두고 내린 것이 눈에 띄었다. 만져보니 먹는 것이 아닌 것 같아 적이 실망스러웠으나, 무슨 책인지는 몰라도 책은 분명한 것이 그나마 다행이었다.

한창 따분하던 판에 돼도 잘됐다 싶어서 보자기를 끌러 보았다. 짐작했던 대로 책은 책인데 두 권이었고, 그것도 다른 책이 아니라 하나는 서울에 있을 때 길바닥에 흔히 널려 있던 당사주책이요, 그보다 약간 얇은 것은 사주책에 부속처럼 따라다니는 천세력(千歲曆)이었다.

당사주책을 떠들어 보니 국문 해득자면 누구나 육갑을 짚을 수 있게 사주 풀이하는 방법부터 자세히 친절을 베풀고 있었다.

그는 무엇보다도 지루함을 잊어 보려고 사주책을 붙들었다. 과연 기차가 천안에서 근 한 시간이나 충그리고, 조치원에서 해찰 부리고, 대전에서 늘어지고 하는데도 지루한 줄을 몰랐다. 아니 눈코 뜰 새 없이 바빴다. 여기저기서 너도나도 하고 저마다 생년월일시를 주워섬기며 줄을 섰기 때문이었다. 천세력까지 곁들여 있으니 일진 월건 태세를 셈하느라고 왼손가락을 자주 짚어 델 필요도 없었다.

fortuneteller and giving lectures to the higher-ups. The recent military coup had the commissioned officers visibly anxious, and even career soldiers who had no hope of being promoted to officer were struggling with the uncertainty of their futures. Yuja figured this out after one or two questions.

There was a boy—Choi Something-or-Other—who wasn't Yuja's best friend but a rather good friend when they were in middle school. Choi went to college but signed up for military service when his conscription letter came, so he was already a drill instructor at that very training facility.

Choi felt no need to have his fortune read since he had plans to return to school after his military service, but figured he would follow his friend to see what all the fuss was all about.

Imagine his surprise when he saw it was Yuja. On the one hand, Choi was happy that Yuja was having an easy trainee life, but it also scared him witless to think that someone might expose Yuja for the fraud he was. Choi believed that a good friend would stop his friend before he took the scam too far, but he could not very well be the one to expose Yuja either.

일이 엉뚱한 방향으로 번나가기 시작하니 입인들 점잔을 빼고 있을 까닭이 없었다. 물어보는 사람마다 늙고 젊고 없이 말머리는 존댓말로 꺼냈어도 말꼬리는 일부러 반말지거리로 흐렸다. 엉터리가 아니란 것을 강조하는 방법은 그 수밖에 없었으니까.

꿈보다 해몽이라고 했듯이, 수(數)를 보는 술객(術客)은 괘사(卦辭)보다 술수(術數)였고, 술수보다는 말수가 많고 걸쩍해야 물어본 사람도 듣기가 괜찮은 법이었으니, 그는 기차간에서부터 그 수를 일찌감치 터득한 셈이었다. 게다가 '가정 비서'를 하면서 정치 식객들과 노닥거리는 동안에 들은 것이라곤 거의 허랑하고 부황한 소리들뿐이어서, 그것을 이리 갖다 붙이고 저리 갖다 붙이고 하니 금상첨화일밖에.

"이번엔 뭐 보는 사람도 하나 들어왔다며?"

훈련소에 입소하자마자 들리는 소리가 그 소리였다. 소문이 한 발짝 앞서서 입소를 한 거였다. 그에게는 신수 대통을 뜻하는 희소식이었다. 다른 입소자들은 이리 차이고 저리 차이며 얼먹어서 갈팡질팡 난리였으나, 그는 득의만면하여 느직하게 뒷짐을 지고 있었다.

그는 그날부터 훈련에 정신없는 신병으로서 바쁜 것

Choi racked his brain for a solution and came up with the brilliant idea to become an accomplice. Choi would be his drill instructor *and* assistant. Their arrangement was for Yuja to come and consult his assistant for background information before he had a reading for a higher-up. Choi told him whose wife lost how much in what scheme, who had a mistress nearby in downtown Nonsan, who had a general looking out for him, who was recently court-martialed for being part of the anti-revolutionary force, etc. Choi told him everything he knew, and the things he did not, he gathered information from the other drill instructors. Choi served as a diligent aide who kept Yuja well-informed.

Based on the information obtained from Choi, Yuja continued to delight and amaze the superiors with minimal effort. To a man who liked bribes, he predicted gossip. To another with family trouble, he offered kind words. To philanderers and people with second wives, he predicted relationship troubles.

"A true guru! How uncanny!" All who went to see Yuja marveled at his intuition.

He earned the nickname "Master Yu." While his

이 아니라, 팔자에 없는 동양철학자로 인정받아 높은 사람들 앞에서 동양철학을 강의하기에 바빴다. 군사 정변이 일어나고 얼마 아니 된 때여서 장교들은 말할 나위 없고, 장교가 될 가망성이 없는 직업군인들까지도 심리적인 불안감에 안절부절못하던 상황이었음은, 그들이 물어보는 부분만 가지고도 쉽게 미루어 볼 수가 있었다.

중학교 때 단짝까지는 안 갔어도 곧잘 어울려 놀았던 친구 중에 최 모가 있었다. 최는 대학에 진학하였으나 제때에 입영을 했던 관계로 그 무렵에는 이미 훈련소의 조교가 되어 있었다.

최는 제대하며 일변 복학을 하면 그만이었으니 따로 물어볼 것이 없었으나, 소문이 하도 요란하여 에멜무지로 구경이나 한번 해보자 하는 생각에서 남의 뒤를 따라나서게 되었다.

가서 보니 유자였다. 최는 깜짝 놀랐다. 최는 친구가 신병 생활을 수월히 하는 것이 반가운 한편으로, 결국 언젠가는 들통이 나도 나게 될 것을 생각하면 불안해서 못 볼 지경이었다. 또 그게 아닌 친구가 겁 없이 벌이는 사기 행각을 모르쇠하고만 있다는 것도 친구 된 도리

fellow trainees burned fat doing laps and curl-ups in the blazing sun, Master Yu accumulated fat sitting in the shade playing chess, recklessly killing off his pawns and sending his knights hopping all over the board through the carnage. After he breezed through his training period, he chose to be a military policeman because it sounded easy, and finally got his opportunity to learn to drive.

The nickname "Master Yu" would follow him for the rest of his life. His strict professionalism and sincerity, and the perfectionism in him that allowed him to master every skill and field of knowledge related to his work afforded him the lifelong honorific.

Even his driving skills, for instance, did not go to waste. He learned to drive as an army driver, but used the skill to earn a living for the rest of his life. After his military service, he drove a cab around Hannae for a while, but Hannae or even Boryeong was too small a town for Yuja to spread his wings and realize his potential. He eventually moved to Seoul and got behind the steering wheel again, but this time as a chauffeur of the president of a *chaebol* company that was in the top ten business conglomerates in Korea then and still is now. Yuja's

가 아니었다. 그렇다고 친구의 본색을 사실대로 밝힐 수도 없었다. 그러기에는 때가 늦은 것이었다.

최는 고심 끝에 한 가지 방도가 있다는 것을 알았다. 자기가 훈련병들의 조교에 머물지 않고 친구의 조수도 겸하는 방법이었다.

그로부터 유자는 높은 사람이 찾을 때마다 조수에게 먼저 달려가서 예비지식을 단단히 쌓은 연후에야 술수에 임하게 되었다.

누구는 부인이 하던 얼마짜리 계가 언제 깨졌고, 누구는 난봉이 나서 논산 읍내에 작은집을 차렸고, 누구는 뒷배를 보아주던 별이 반혁명세력으로 몰려 군법 재판에 넘어갔고……. 최는 아는 것은 아는 대로, 모르는 것은 다른 조교들에게 알아 들이고 하여, 밑천이 달리지 않게끔 조수 노릇 한번 착실히 하지 않을 수가 없었다.

유자는 조수에게 얻은 정보를 바탕으로 힘 하나 안 들이고 강의를 계속할 수가 있었다. 뇌물을 밝힌다는 사람에겐 구설수를 예고하였고, 집안에 우환이 있는 사람에겐 따뜻한 위로를 하였고, 두 집 살림에 시달리거나 좋아지내는 여자로 하여 속을 끓이는 사람에겐 여난을 경고하였다.

boss was also once a driver who later went on to start a transportation enterprise that grew into a business conglomerate centered on transportation, so few people could claim to be a better driver than Yuja's boss. But he never had any complains about Yuja's perfect driving skills.

5

In 1970, when I was an editor at *Literature Month-ly*, a Literary Association magazine that operated out of the association office where the Sejong Center is today, Yuja turned up out of the blue. I had not seen him in over ten years. Like an answer to Kim Gwang-seop's famous poem, "Where and as what shall we meet again?" Yuja and I met again, he as the chauffeur of a *chaebol* president and I as an obscure writer.

He happened to recognize me in a magazine, and went to the trouble of calling the magazine to in-quire about my whereabouts—for a darn good reason. He wanted to introduce me to his younger sister, who would go on to marry a university pro-fessor instead. Actually, he had come to assess me, to see if I'd be able to take good care of his sister.

"역시 용한데, 쪽집게 같아⋯⋯."

물어보는 사람마다 백발백중이니 혀를 내두를 수밖에 없었다.

그러나 그의 별명은 쪽집게가 아니라 도사였다. 유 도사였다. 입소 동기생들이 땡볕에서 낮은 포복이다, 높은 포복이다 하고 군살을 빼는 동안, 그는 도사답게 가만히 서 있기만 해도 군살이 찔 것 같은 그늘에 앉아서 졸(卒)을 함부로 죽여 가며 초한전(楚漢戰)으로 실전 훈련을 쌓았고, 궁이 면줄에 몰릴 지경으로 다된 판을 붙들고 늘어져 빗장을 부르는 홀떼기장기와, 보리바둑 주제에 반집짜리 끝내기 패로 시간을 끌면서, 남들이 다들 어려워했던 신병 시절을 유감없이 마쳤다. 병과는 그쪽이 편할 듯해서 헌병을 택하고, 기회가 없어서 못 배웠던 자동차 운전도 도사 시절에 익혔다.

도사라는 애칭은 평생을 두고 따라다녔다. 직업의식이 철저하여 맺고 끊는 맛이 분명한 데다, 기술이건 지식이건 그것이 직업과 관련이 있는 것은 완벽에 가깝도록 익히고 펼치고 했던 특유의 장인 기질에 따른 것이었다.

자동차 운전만 해도 그러하였다. 운전 기술은 '군대

Years later, after his family married off his sister, Yuja confessed that he had crossed me off the list the very day he came to see me. Yuja said he was appalled as he watched me finish off a whole crate of *soju* and then order another immediately after.

Once, he asked me if I had books I did not need anymore. I gave him a set of *Records of the Great Historian* by Sima Qian, and he kept returning for more. The magazine office was always overflowing with books that were sent by publishers and writers, so Yuja took a great big stack of it every time he came by. That was the beginning of his nigh seventeen-year bibliophilism that had him reading at all times, even during meals.

But books weren't the only reason he came by. He also liked to come by and complain about problems at work. One day, he called and told me to meet him at such and such a bar I'd never heard of. When I finally found the place, I was surprised to see that it was a run-down little place that served pond fish.

It was the first time I had had freshwater fish since I left Hannae. I found the characteristically fishy odor revolting, but Yuja told me to suck it up —at least it didn't smell like mud or the sewers.

운전'에서 비롯된 것이었으나, 그는 그것으로써 평생을 경영하였다.

그는 제대 후에 한내에서 한동안 택시를 몰았으나, 한내도 보령도 그가 기량을 펴기에는 바닥이 너무 좁았다.

그는 서울로 옮겼다. 다시 운전대를 잡았다. 그때나 지금이나 국내의 10대 재벌 그룹에 드는 재벌 그룹 총수의 승용차 운전대였다. 그룹의 총수도 본래는 차량 운전으로 시작하여 운수업체를 일으켰고, 운수업체를 주력 기업으로 하여 그룹을 이룩한 인물이었다. 따라서 웬만한 운전 기술로는 그 앞에서 땅띔도 할 수 없는 처지였다. 총수는 그러나 유자의 운전 기술 내지 장인 기질 앞에서는 아무 말이 없었다.

5

1970년, 내가 지금의 세종문화회관 자리에 있던 예총회관의 문인협회 사무실에서 협회 기관지《월간문학》을 편집하고 있을 어름이었다.

어느 날 난데없이 유자가 불쑥 찾아왔다. 십 년도 넘어 된 해후였다. 이산(怡山)의 시처럼 '어디서 무엇이 되

Besides, he had called me out here because he was feeling nostalgic for that fishy odor.

"Nostalgic, my foot," I said. "This smells just *like* the sewers. I can't believe you're eating this, much less paying to eat this. You're a nut, is what you are."

"Still, fish from the muck tastes better than imported ones," he said, not giving in. When he was being stubborn, he usually had some empirical evidence at hand that he was dying to present.

"I feel a story coming," I sighed.

"If you say so," he said. "Wanna hear it?"

As if I had a choice.

It was a few days ago that an artificial pond was installed at the *chaebol* estate. They had dug a hole in the middle of the garden and paved the walls and floor entirely with cement, so "aquarium" might have been a better term for it. When the cement dried, the pond was filled with water and fancy carp.

Everyone who laid eyes on the colorful, elegant carp let out cries of delight in spite of themselves, but Yuja had turned his nose up at the sight of the fish. It wasn't because they had been flown in from overseas. It was because of their outrageous price

어 다시 만나랴' 했더니, 그는 재벌 그룹 총수의 승용차 운전수가 되고, 나는 글이라고 끼적거려 봤자 누구 하나 알아주는 이가 없는 무명작가가 되어서 다시 만나게 된 것이었다.

그가 잡지를 보다가 우연히 나를 알아보고, 그 잡지사에 전화로 내 소재를 찾는 번거로운 절차를 무릅쓰고 찾아온 데에는 그 나름의 속셈이 한 가지 있었기 때문이었다. 지금은 대학교수의 부인이 된 자기 누이동생을 내게 중매해 봤으면 하고 찾아본 것이었다. 아니, 결혼을 하면 처자를 굶길 놈인지 먹일 놈인지 우선 그것부터 슬쩍 엿보려고 온 것이었다. 그는 해가 바뀌어 그 누이동생을 여의고 난 뒤에야 비로소 그 말을 내게 하였다. 그는 처음 만났던 날 저녁에 내가 말술을 마시고도 양에 안 차 하는 데에 질려서 대번에 가위표를 쳐버리고 말았다는 것이었다.

한번은 다 본 책이 있으면 달라고 하여 번역판『사기(史記)』를 한 질 주었더니, 그 후부터는 올 때마다 책탐을 드러내는 것이었다. 잡지사 편집실에는 사시장천 기증본으로 들어오는 책만 해도 이루 주체를 못하도록 더미로 답쌓이게 마련이었다. 그는 오는 족족 자기 욕심

—more than the sum of several staff salaries.

"How much were they?"

"800 thousand *won* apiece."

I didn't know how much Yuja and the staff made, but based on my salary, I could have maybe afforded one of those if I saved every last *won* for the next three years and four months.

"What, are they made of diamonds?"

"Well, they weren't just any fish. If you play *Bay-Tobin* (Beethoven) they dance to the rhythm, and if you play *Thai Chopsticks* (Tchaikovsky), they'll dance to that, too. They're showfish. Aint' nothin' they can't dance to. Who'd have thought even fish could shake their behinds for a living?"

But the problem was the fancy carp were all found dead early yesterday morning. When Yuja went into work, the fish were all belly-up. The president ran out of the house in his slippers, but it was no use.

"What the hell happened?" The president singled out Yuja of all people, after staring numbly into the pond for a while.

"Don't know, sir. Maybe they caught cold overnight," Yuja feigned ignorance.

"Don't be ridiculous. Have you ever heard of a

껏 그 책더미를 헐어 갔다. 장근 십칠 년 동안 밥상머리에서도 책을 놓지 않았던 그의 열정적인 독서 생활이야말로 실은 그렇게 출발한 것이었다.

또 책 때문에 오는 것만도 아니었다. 직장에서 답답한 일이 있으면 터놓고 하소연할 만한 상대로서 나를 택했던 것도 비일비재의 경우에 속하였다.

하루는 어디로 어디로 해서 어디로 좀 와 보라고 하기에 물어물어 찾아갔더니, 귀꿈맞게도 붕어니 메기니 하고 민물고기로만 술상을 보는 후미진 대폿집이었다.

나는 한내를 떠난 이래 처음 대하는 민물고기 요리여서 새삼스럽게도 해감내가 역하고 싫었으나, 그는 흙탕내도 아니고 시궁내도 아닌 그 해감내가 문득 그리워져서 부득이 그 집으로 불러냈다는 것이었다.

"허울 좋은 하눌타리지, 수챗구녕내가 나서 워디 먹겄나, 이까짓 냄새가 뭐시 그리워서 이걸 다 돈 주구 사 먹어. 나 원 참, 취미두 별 움둑가지 같은 취미 다 있구면."

내가 사뭇 마뜩찮아 했더니,

"그래두 좀 구적구적헌 디서 사는 고기가 하꾸라이버덤은 맛이 낫어."

하면서 그날사말고 수그러들 기미를 보이지 않는 것이

76

fish catching cold?" the president took his anger out on Yuja, almost as if Yuja was responsible. Yuja's outrage had been piqued.

"They were probably upset and tired to begin with, what with their rotten luck being brought to live in some poor, faraway country. Then they had to jitterbug all day to the music we played for them, and I'll bet that's what did them in. Spoiled little brats couldn't handle a hard day's labor."

Yuja guessed that the toxic chemicals oozing out of the fresh cement was what, in all likelihood, had killed them, but he continued to play dumb.

"You'd do well to keep quiet if you don't know what you're talking about," the president said, flustered, and then disappeared into the house.

But this wasn't the end of the story, and Yuja wasn't the sort to begrudge someone snubbing him. What had really gotten under his skin was what he had heard that morning.

The president seemed quite upset with the empty pond as he skipped his usual pre-meal garden stroll to visit the pond. So, he singled out Yuja again and asked, "Mister Yu, what happened to the carp?"

"Each of those were easily the price of four or

었다. 그가 자기주장에 완강할 때는 반드시 경험론적인 설득 논리로써 무장이 되어 있는 경우였다.

"무슨 얘기가 있는 모양이구먼."

"있다면 있구 읎다면 읎는디, 들어볼라남?"

그는 이야기를 펼쳐 놓았다.

총수의 자택에 연못이 생긴 것은 그 며칠 전의 일이었다. 뜰 안에다 벽이고 바닥이고 시멘트를 들어부어 만들었으니 연못이라기보다는 수족관이라고 하는 편이 알맞은 시설이었다. 시멘트가 굳어지자 물을 채우고 울긋불긋한 비단잉어들을 풀어놓았다.

비단잉어들은 화려하고 귀티 나는 맵시로 보는 사람마다 탄성을 자아내게 하였으나, 그는 처음부터 흘기눈을 떴다. 비행기를 타고 온 수입 고기라서가 아니었다. 그 회사 직원의 몇 사람치 월급을 합쳐도 못 미치는 상식 밖의 몸값 때문이었다.

"대관절 월매짜리 고기간디그려?"

내가 물어보았다.

"마리당 팔십만 원쓱 주구 가져왔댜."

그 회사 직원들의 봉급 수준을 모르기에 내 월급으로 계산을 해보니, 자그마치 3년 4개월 동안이나 봉투째로

five cattle, so we thought it'd be a waste to throw them out. We figured fish that expensive would be tasty, too," Yuja casually told him. "So we scraped off the fins and stewed them with some bean paste, chili paste, and minced garlic."

"What?!"

"What's the problem?"

"'What's the problem?' You savage sons of bitch- es." The president seemed ready to lose his head. He looked ready to go off on a tirade using every expletive he knew, but he held back for the sake of his blood pressure.

"What else did you do with the dead fish?"

Yuja wasn't trying to make the president blow his stack. He honestly did not know what else to do with dead fish.

The president must have thought there was no point in stooping to the level of his crass, ignorant underlings. He calmly chided them, "One buries dead animals; one doesn't eat them for supper with rice wine. But what would barbarians like you know about compassion or decency?" He muttered that last part to himself as returned to the house.

"Were the fish any good?" I asked.

"They weren't. The meat was too mushy. I'm tell-

쌓아야 겨우 한 마리 만져 볼까 말까 한 값이었다.

"웬늠으 잉어가 사람버덤 비싸다나?"

내가 기가 막혀 두런거렸더니,

"보통 것은 아닐러먼그려. 뺄어낸벤또(베토벤)라나 뭬라나를 틀어주면 또 그 가락대루 따라서 허구, 차에코풀구싶어(차이코프스키)라나 뭬라나를 틀어주면 또 그 가락대루 따라서 허구, 좌우간 곡을 틀어주는 대루 못 추는 춤이 읎는 순전 딴따라 고기닝께. 물고기두 꼬랑지 흔들어서 먹구사는 물고기가 있다는 건 이번에 그 집에서 츰 봤구먼."

그런데 이 비단잉어들이 어제 새벽에 떼죽음을 한 거였다. 자고 일어나 보니 죄다 허옇게 뒤집어진 채로 떠 있는 것이었다.

총수가 실내화를 꿴 발로 뛰어나왔지만 아무 소용없는 일이었다.

"어떻게 된 거야?"

한동안 넋 나간 듯이 서 있던 총수가 하고많은 사람 중에 하필이면 유자를 겨냥하며 물은 말이었다.

"글쎄유, 아마 밤새에 고뿔이 들었던 개비네유."

유자는 부러 딴청을 하였다.

ing you, when it comes to fish and women, the good-looking ones are never tasty."

"He calls me a barbarian," he continued. "If I'm a barbarian, he's an animal. Anyway, after a bowl of bland foreign fish soup and two bowls of domestic insult, I got a real hankering for a bowl of pond fish stew with a little stink and sand in it."

Since the fancy carp stew incident, the president sat around scowling all night and day at the security guard, the boiler room man, his children's drivers, and all other household staff he suspected had partaken in the beastly feast, but it didn't result in any "restructuring."

Yuja couldn't wait to be dismissed from this job. All the other company drivers would have killed to be the president's chauffeur, but once Yuja saw the president for what he was—a fraud and hypocrite —he felt ashamed of the years he had served him. He felt humiliated and miserable that his livelihood depended on a man like him.

So Yuja waited for some determining incident so unsavory and unforgivable that he would fall out of the president's favor forever.

The incident, which turned out to be disappointingly anticlimatic, came sooner than expected.

"뭐야? 물고기가 물에서 감기 들어 죽는 물고기두 봤어?"

총수는 그가 마치 혐의자나 되는 것처럼 화풀이를 하려 드는 것이었다.

그는 비위가 상해서,

"그야 팔자가 사나서 이런 후진국에 시집와 살라니께 여러 가지루다 객고가 쌓여서 조시두 안 좋았을 테구…… 그런디다가 부룻쓰구 지루박이구 가락을 트는 대루 디립다 춰댔으니께 과로해서 몸살끼두 다소 있었을 테구…… 본래 받들어서 키우는 새끼덜일수록이 다다 탈이 많은 법이니께……."

그는 시멘트의 독성을 충분히 우려내지 않고 고기를 넣은 것이 탈이었으려니 하면서도 부러 배참으로 의뭉을 떨었다.

"하는 말마다 저 말 같잖은 소리…… 시끄러 이 사람아."

총수는 말 가운데 어디가 어떻게 듣기 싫었는지 자기 성질을 못 이기며 돌아섰다.

그는 총수가 그랬다고 속상해할 만큼 속이 옹색한 편이 아니었다. 그렇지만 오늘 아침에 들은 말만은 쉽사리 삭일 수가 없었다.

About a month or two after the fancy carp incident, Yuja's long-awaited redistribution from the position coveted by all company drivers finally came to pass. Here's what happened:

The president was a devout Buddhist, so much so that his ancestral shrine was at a famous temple in a national park that little children had heard of. And, although the temple was a national heritage and technically government property, the president was the *de facto* owner, a distinction earned through years of emotional and financial investment in the temple.

There was, of course, a Buddhist shrine at the president's personal estate, located at the far end of the garden behind the president's house. The garden was larger than your average primary school soccer field, and the trees inside were so well tended that the shrine was hard to see from the house.

The shrine, like most shrines, had a life-size statue of Buddha on the altar, but was rather plain for a *chaebol* shrine. There was only one brass bowl for offering pure water, one incense burner, and one candlestick with a flared circular base.

Still, the president did not allow so much as a

총수는 연못이 텅 빈 것이 못내 아쉬운지 식전마다 하던 정원 산책도 그만두고 연못가로만 맴돌더니,

"유 기사, 어제 그 고기들은 어떡했나?"

또 그를 지명하며 묻는 것이었다.

그는 아무렇지 않게 대답했다.

"한 마리가 황소 네댓 마리 값이나 나간다는디, 아까워서 그냥 내뻔지기두 거시기 허구, 비싼 고기는 맛두 괜찮겄다 싶기두 허구…… 게 비눌을 대강 긁어서 된장끼 좀 허구, 꼬치장두 좀 풀구, 마늘두 서너 통 다져 늫구, 멀국두 좀 있게 지져서 한 고뿌덜씩 했지유."

"뭣이 어쩌구 어째?"

"왜유?"

"왜애유? 이런 잔인무도한 것들 같으니……."

총수는 분기탱천하여 부쩌지를 못하였다. 보아하니 아는 문자는 다 동원하여 호통을 쳤으면 하나 혈압을 생각하여 참는 눈치였다.

"달리 처리헐 방법두 읎잖은감유."

총수의 성깔을 덧들이려고 한 말이 아니었다. 그가 할 수 있는 것이 그 방법 말고는 없었기 때문에 그렇게 뒷동을 단 거였다.

speck of dust on the Buddha statue or the altar, and he had given strict orders to have it dusted and wiped every day. He'd entrusted this task to none other than Yuja.

Aside from the fact that Yuja had nothing to do before he drove the president to work, this task had been given to him because he often accompanied the president to the shrine at the national park where he had become well acquainted with the rituals and customs of Buddhist temples.

The president started each day by paying his respects at the shrine, and Yuja started each day by climbing a ladder and dusting Buddha from head to toe, wiping the alter, lighting the candle, and refilling the pure water bowl with mineral water flown in the day before from Jeju Island.

The morning of the incident, Yuja was dusting his way down when his eyes stopped at Buddha's hand. There was a little smidge like a bit of fly crap that Yuja could not get off with the dry rag. Yuja figured he would never finish cleaning the shrine if he made the trip to the house and back for water to wet the rag with. He couldn't use the pure water, either. The president's wife saved the pure water from the previous day for the family to drink as

총수는 우악스럽고 무식하기 짝이 없는 아랫것들하고 따따부따해봤자 공연히 위신이나 흠이 가고 득 될 것이 없다고 판단했는지, 숨결이 웬만큼 고루 잡힌 어조로,

"그 불쌍한 것들을 저쪽 잔디밭에다 고이 묻어주지 않고, 그래 그걸 술안주 해서 처먹어버려? 에이…… 에이…… 피두 눈물두 없는 독종들……."

하고 혼잣말처럼 중얼거리면서 들어가 버리는 것이었다.

"그래, 지져 먹어보니 맛이 워떻다?"

내가 물은 말이었다.

"워떻기는 뭐가 어뗘…… 살이라구 허벅허벅헌 것이, 똑 반반헌 화류곗년 별맛 읎는 거나 비젓허더먼그려."

하고 그는 다시 말을 이었다.

"내가 독종이면 저는 말종인디…… 좌우지간 맛대가리 읎는 서양 물고기 한 사발에 국산육을 두 사발이나 먹구 났더니, 지금지금허구 해감내가 나더래두 이런 붕어지지미 생각이 절루 나길래 예까장 나오라구 했던 겨."

총수는 그 뒤로 그를 비롯하여 비단잉어를 나눠 먹었음 직한 대문 경비원이며, 보일러실 화부며, 자녀들 등하교용 승용차 운전수며, 자택에서 근무하는 종업원들에게

though it was liquid blessing, so he couldn't waste it. He spat on the rag, like he was used to doing with cars, and got ready to wipe Buddha's hand with it.

"You contemptible, vile..." came a voice from behind. Yuja did not have to turn around to know it was the president. He'd quietly walked up to the shrine and had been watching Yuja clean.

"You... you... Get out of my house this instant!"

No matter how I look at it, I must say that the infinite mercy of Lord Buddha was upon Yuja that day. The president, despite the look on his face, which was as menacing as the Deva kings that guard the entrance of every temple, told him to "get out of his house," but not his company.

6

Yuja was reassigned that very day to a position that processed all traffic accidents associated with the company and his field of jurisdiction covered the entire city of Seoul. In other words, he was the director of itineraries.

But an itinerary director was also an itinerant director systematically guaranteed a life on the road.

는 조석으로 눈을 흘기면서도, 비단잉어 회식 사건을 빌미로 인사이동을 단행할 의향까지는 없는 것 같았다.

그는 하루바삐 총수의 승용차 운전석을 떠나고 싶었다. 남들은 그룹 소속 운전수들의 정상(頂上)이나 다름없는 그 자리에 서로 못 앉아서 턱주가리가 떨어지게 올려다보고들 있었지만, 그는 총수가 틀거지만 그럴듯한 보잘것없는 위선자로 비치기 시작하자, 그동안 그런 줄도 모르고 주야로 모셔 온 나날들이 그렇게 욕스러울 수가 없었고, 그런 위선자에게 이렇듯 매인 몸으로 살 수밖에 없는 구차스러운 삶이 칙살맞고 가련하지 않을 수가 없었다.

그래서 총수가 더 붙들어 두고 싶어도 불쾌하고 꽤씸해서 갈아 치울 수밖에 없는 어떤 사단이나 한바탕 통그러지기만을 이제나저제나 하고 기다리고 있었다.

그 사단은 생각보다 이르게, 그리고 싱겁게 다가왔다.

그는 그 비단잉어 회식 사건이 있고 두어 달 만에 나타났는데, 그날이 바로 그가 그동안 벼르고 별러 온 그 그룹 소속 운전수들의 정상으로부터 하야를 한 날이었다.

사단의 전말은 다음과 같았다.

총수는 본디 각근하고 신실한 불교 신자였다. 총수의

Considering his responsibilities, its challenges, and the comparatively low respect and rank the position held in the company, this was a pretty devastating career setback. Everyone thought he would quit shortly after he got his affairs in order, as all of his predecessors had.

Yuja didn't quit, however, but quietly learned the ropes instead. People whispered behind his back, saying that he had no pride. They looked at him with pity.

Although he had fallen from a direct line to the president to an uninhabitable island, a place of exile, he never once complained about his job in public or in private. He was happy and proud that he no longer had to be servant to a hypocrite.

It is difficult to put into words just how difficult his work was. An itinerary director had as many clients as transportation routes. For starters, there was the traffic cop who was the first at the scene, then the officers at the station, the prosecutors and the court, and the lawyers. Then there was the emergency room, hospital room, the hospital administration, and the insurance companies, not to mention the morgue, morticians, cemeteries, and crematoriums. But the most challenging aspect of

원당(願堂)만 해도 어디라고 하면 아이들도 이내 짐작할 수 있는 국립공원 안의 명찰이거니와, 언필칭 민족문화유산 운운하지만 실은 총수의 사찰(私刹)이라고 해도 과언이 아닐 지경이었다. 오랫동안 물심양면으로 해온 것이 있었기에 그리된 것이라고 보면, 총수의 신심이 어떠한지를 능히 헤아릴 수 있는 일이었다.

총수는 자택에도 불당을 두고 있었다. 자택의 불당은 저만치 떨어진 후원에 있었다. 정원이 웬만한 국민학교의 운동장보다도 너른 데다 잘 가꾼 정원수가 가득하여 살림집인 본채에서는 잘 보이지도 않는 외진 곳이기도 하였다.

불당은 여느 암자들처럼 불단에 황금색의 등신불을 모시고 있었으나, 불상 주변에는 정화수를 올리는 불기와 향완이 하나씩, 그리고 양쪽에 풍물의 한 가지인 날라리를 거꾸로 세운 듯한 촛대뿐으로, 재벌가의 불당치고는 썩 정갈하고 소박한 편이라고 할 만하였다.

그런 반면에 총수는 불상이나 불단에 먼지 하나라도 앉으면 큰일나는 줄 알고 청소 한 가지는 하루도 거르는 날이 없도록 엄히 다루고 있었다.

이 불당의 청소를 맡고 있던 것이 유자였다. 총수를

his job wasn't the bureaucratic processes or the victims' lawyers, but dealing with the bereaved families.

The responsibility of the itinerary director was to represent the company on behalf of the head of the subsidiary or the president when handling any unsavory, complicated business caused by accidents, to take care of all resulting bureaucratic, financial, social, and personal problems, and to tie up loose ends tidily so as to prevent any negative aftereffects.

In "handling unsavory, complicated business," winning against these clients in every sense of the word—practically, logically, scientifically, legally, financially, realistically, personally—was the foremost priority for the itinerary director. Winning alone, of course, would never satisfy our Yuja. His goal wasn't simply to win, but to win without compromising his morals or emotions.

It wasn't very difficult for him to win humanely, morally, and emotionally. As long as he stuck to his principles of "Justice prevails in the end" and had strong faith in the truth, he came out ahead in the end.

He put in his best efforts, using his conscience

출근시키기 전에는 손이 놀고 있기도 했지만, 그보다도 총수를 모시고 국립공원에 있는 원당을 자주 왕래하여, 절에서 하는 불교 의식이나 풍속에 대해서는 누구보다 익숙했던 것이 청소를 맡게 된 이유였다.

총수는 어슴새벽에 일어나면서 일변 불당에 참배를 하는 것이 일과의 시작이었다.

유자는 총수가 참배 오기 전에 사닥다리를 오르내리며 불두에서 결가부좌까지 융으로 만든 마른행주로 불상의 먼지를 거두었고, 불단을 훔치고 촛불을 써 놓은 다음 전날 제주도에서 공수해 온 약수로 정화수를 갈아 올리는 것이 일과의 시작이었다.

그날도 그렇게 하고 있었다.

불상의 먼지를 찍어 내려오던 그의 손이 강마촉지(降魔觸地)한 손등에 이르렀는데, 파리똥인지 뭔지 마른행주로는 냉큼 지워지지 않는 것이 있었다.

행주에 물을 축여 오려면 넓은 정원을 가로질러 본채까지 다녀와야 할 텐데, 그렇게 지체하다가는 십중팔구 총수가 나타나기 전에 청소를 마치지 못하기가 쉬웠다. 불단의 정화수를 쓸 수도 없었다. 묵은 정화수는 총수부인이 손수 식구대로 컵에 나누어 온 가족이 음복하듯

and sympathy and counting on the civility of the clients. He firmly believed that his first and foremost responsibility was to ensure that no assailant go unpunished and no victim go uncompensated.

Of course, sticking to these principles meant dealing with extra work and people's misgivings about him.

To obtain scientific proof of the cause of accident and its circumstances, sedulous commitment to developing experimentation methods and logic was required of him, which in turn required expert knowledge in human physiology, neurology, psychology, insurance laws, traffic laws, highway and road regulations, and other related ordinances, guidelines, and so on.

Yuja overcame—nay, mastered it all through sheer effort. He wasn't Master Yu for nothing.

To help me with research for my novels, Yuja would give me lessons upon lessons on everything from the Einstein-Infeld-Hoffmann equation to insurance claim calculations, citing case-by-case examples from his own experience, court cases, and precedents. Being the math illiterate and featherbrain that I am, his lectures seldom helped.

His explanations on ordinances and provisions

이 마시게 하고 있어서 조금이라도 축낼 수가 없는 것이었다.

그가 차량을 다루던 버릇으로 자기도 모르게 툽하고 마른행주에 침을 뱉어서 막 파리똥을 지우려는 순간이었다.

"야야, 저런 천하에 몹쓸……."

돌아다볼 것도 없이 총수의 호통이었다. 총수가 소리 없이 나타나서 청소하는 것을 지켜보고 있었던 것이다.

"너 너…… 너 오늘부터 내 집에서 당장 나가."

총수가 큰 절마다 정문의 문간에 좌우로 험악하게 서 있는 금강역사(金剛力士)의 눈을 해 가지고 명령하면서도 '내 회사'가 아니라 '내 집'에서 나가라고 한 것은, 거듭 생각해 보아도 대자대비하신 부처님의 굽어살피심이라고 아니할 수가 없었다.

6

그는 여지없이 그날로 좌천되었다. 좌천지는 그룹에 속한 모든 차량의 교통사고를 처리하는 부서였고, 관할 구역은 특별시 전역이었다.

were so interminable and convoluted that I would forget what he'd said in the beginning halfway through the explanation, give him a cursory nod when he reached the conclusion, and confirm each time what an unrelenting character he was.

In a way, he was exceptionally unrelenting, which was not a bad thing for the victims or assailants who appreciated his tenacity. But to the car insurance companies, he was just a pigheaded son of a bitch.

He tried his best to give the victims' families as fair a compensation as possible, but used a firm hand when a broker got involved and tried to use the president's status and reputation as leverage to get the most out of the situation. Some had even refused to bury the dead, holding the body hostage until their demands were met.

Being the gentleman he was, however, Yuja always used words and logic before he got the law involved.

"Listen. The deceased did not die to make a fortune from it. You don't haggle over a body. This man is not for sale. You can negotiate the wages of a live worker, but not a dead one."

Still, most families of the victims thanked Yuja

이른바 노선 상무(路線常務)가 된 것이었다.

노선 상무는 또 노상(路上) 상무였다. 다른 것은 몰라도 풍찬노숙 한 가지는 제도적으로 보장이 된 자리였다.

남들은 관례로 보아서 그도 당연히 사표를 던지려니 하고 있었다. 업무의 내용이며, 업무의 난이도(難易度)며, 조직에서의 위상이며가 비교도 할 수 없는 거리로 벌어진 것이 사실이기 때문이었다.

그는 사표를 내지 않았다.

그는 아무 말 없이 새로운 업무를 캐고 익히고 있었다.

그가 그러고 있으니 남들은 창자도 없는 인간으로 여기는 눈치였다. 그를 쳐다보는 연민 어린 눈길이 그것이었다.

그는 비록 총수의 측근에서 그야말로 하루 식전에 원악도(遠惡島)와 다름없는 말단 부서의 현장 실무자로 유배된 셈이었지만, 공사석을 막론하고 한마디의 불평도 입에 올리지 않았다. 적어도 위선자의 몸을 모시고 다니는 것보다는 떳떳하며, 아울러서 속도 그만큼 편할 터이라고 자위하고 있었다.

새로 맡은 자리가 험악한 자리임을 설명하기에는 실로 긴 말이 필요치 않았다.

when all was settled. Although they met Yuja under distressing circumstances, the way Yuja handled everything—frequently checking in at the hospital to ensure speedy treatment, making generous donations and offering heartfelt condolences at the funerals, making the rare and proactive gesture of helping out with the funeral and burial, haggling with the insurance company to get the family as much compensation as possible—was more than enough to touch the victims' families' hearts. So when a family offered Yuja words of gratitude and a cup of tea at the end of a case, he felt the stress and exhaustion from work melt away, and he would be overcome with a sense of fulfillment.

There were also times when a case would haunt him, one that usually involved a victim who struggled with poverty. Sometimes the accident would be an entanglement of complicated factors that delayed the processing. If the case went to court or the insurance company contested a claim, the case could drag on for a while.

This was especially true if the widow of the deceased was young and had a man who claimed to be her "brother" sniffing around and trying to win her favor.

노선 상무에게는 차량의 운행 노선이 여러 갈래인 만큼이나 거래처가 많았다. 대강만 꼽아 보더라도 우선 사고 현장에 뛰어온 교통순경을 첫 거래처로 하여, 경찰서와 검찰청과 법원이 있고, 변호사가 있었다. 노선을 달리하여 병원의 응급실이 있고, 입원실이 있고, 원무실이 있고, 또한 보험 회사가 있었다. 그리고 또 다른 노선에는 병원의 영안실과 장의사와 공원묘지와 화장터가 있었다. 그러나 어떤 기관보다도 상대하기가 까다로운 것은 피해자 측에서 선임한 변호사가 아니라 피해 당사자 내지는 그 유가족들이었다.

　노선 상무의 업무는 사고 차량이 속한 단위 회사 사장 및 그룹의 총수를 대리하여, 교통사고로 빚어진 모든 복잡하고 사나운 일에 사무적으로, 법률적으로, 경제적으로, 사회적으로, 나아가서 인간적으로 임하는 일이요, 헌신적으로 뒤치다꺼리를 하는 일이요, 후유증이 일지 않도록 깔끔하게 마무리를 하는 일이었다.

　그러나 그 '모든 복잡하고 사나운 일'의 처리는 앞에 말한 여러 갈래 노선의 거래처를 상식적으로, 논리적으로, 과학적으로, 법률적으로, 경제적으로, 현실적으로, 인간적으로 일단은 이기는 것을 기본으로 하지 않으면

According to Yuja, there were two types of "widows' brothers." The ones who showed up before the funeral were ones who had a close pre-existing relationship with the deceased's family, and the ones who tagged along after the funeral were professional con artists from the nightlife sector.

Nothing depressed him like seeing a young widow unable to contain her elation at her liberation from her inept husband, the exciting prospect of unexpected cash flow, and the new world of possibilities she saw with a new man. In these cases, Yuja remained as detached and professional as possible. But many such young widows seemed to believe that a cup of tea did not suffice as far as gestures of gratitude went, and offered to show him a good time. Yuja had a stock answer for these offers: "Get out of my sight, filthy whore."

It wasn't just the victims that troubled him. If the driver panicked and went into hiding or was arrested, he felt terrible for them.

There was never a more civil driver than Yuja. So when he saw other drivers make dangerous maneuvers to pass cars, cut in and block paths, change lanes without warning, honk because Yuja would not crawl on ahead before the light turned

안 되는 것이었다.

그는 그러나 모든 거래처와 그렇게 겨루어서 이기더라도 이긴 것 자체에만 뜻이 있어 하고 만족할 위인이 아니었다. 그 스스로가 그것을 용납하지 않았다. 이기되 양심적으로 이겨야 하고 정서적으로도 이겨야만 하였다.

그가 인간적으로, 양심적으로, 정서적으로 이기는 일은 그리 어려운 일이 아니었다. 사필귀정의 원칙과 진실에 대한 신뢰에 흔들림이 없는 이상은 어려운 일이 아니었다.

그는 자신의 양심과 정서를 바탕으로 하고 거래처의 인성(人性)을 짝으로 삼아 주어진 소임을 다하고자 노력하였다. 그는 가해자(총수 혹은 그룹의 동료 운전수)에게나 피해자에게나 부정한 승리, 부당한 패배가 있을 수 없도록 하는 일이 자신의 진정한 역할이라고 스스로 다짐하기를 변함없이 하고 있었다.

그러한 소신을 관철하기 위해서는 남다른 수고와 오해를 감수하지 않으면 아니 되었다.

사고 현장에 나가서 원인 유발의 동기와 환경을 과학적으로 증명하기 위해서는 정직한 실험과 논리의 개발

green, or challenge traffic laws and driving etiquette in other ways, he would mumble to himself:

"Look at that oaf. I'll bet his great-grandfather was a coachman for the nobles, his grandfather a rickshaw puller for the Japanese detectives, and his father a bicycle messenger for a rich member of the Liberty Party. That kind of crassness is in the blood."

Most of the cases Yuja had to deal with were the result of drivers who were ethically challenged. Yuja never gave these offenders a break, even if they happened to be colleagues from his company. However, he did sometimes come across rogue drivers that broke his heart.

When Yuja went looking for the drivers, the address in the personnel files would sometimes lead him to dizzying hills in the outskirts of the city where the driver shared a rickety illegal shack with several other families. Things were especially hard for substitute drivers the company hired to cut back on labor costs. Yuja could not help but feel miserable as he delivered the bad news to them, whether they were ethically challenged or not.

The substitute drivers were often unmarried and lived with their mothers because they could not af-

에 부지런하지 않으면 아니 되었다. 그런 까닭에 법의
학에 대하여, 인체 생리학에 대하여, 정신신경과에 대
하여, 심리학에 대하여, 보험법에 대하여, 도로 교통법
에 대하여, 도로 관리법이니, 교통 관리법이니 무슨 시
행령이니, 무슨 지침이니 조례니 하는 것들에 대하여,
무엇 한 가지도 설익거나 어설프거나 소홀히 해서는 아
니 되었다.

그는 남다른 노력으로 그것을 극복하였다. 아니 통달
하였다. 도사였다.

그는 소설에 도움이 되도록 하고자 이 만년 수리문맹
(數理文盲)인 나에게 호프만식 계산법을 비롯하여 보험
금 계산법에 이르기까지 자신의 실무 경험과 선례, 판
례, 사례를 들어가며 사건별로 누누이 강의를 되풀이하
였으나, 일개 백면서생에 불과한 나에게는 이렇다 할
도움이 된 적이 별로 없었다.

나는 그가 줄줄 외워대는 법령이나 조문 해석이 하도
복잡하여, 대개는 듣는 도중에 앞에서 말한 것들을 말
해준 순서대로 잊어 가다가, 그가 결론에 다다른 연후
에야 겨우 결과가 어떻게 되었다는 말꼬리 부분에만 건
성으로 고개를 끄덕이며, 그가 보기보다는 훨씬 악바리

ford to get married on their meager income. Or, they were single fathers who had been abandoned by their wives. If they had rice, they were out of coal; if they had coal, their flour bag was empty. It was upsetting to see and painful to ignore.

So he would often dip into his own pocket to help. There was no business expense set aside for substitute driver accidents, so a bag of rice for a small family, two bags of flour for a bigger family, and a hundred bricks of coal fuel each was all he could afford. Yuja did not leave the house until the bags of rice or flour were delivered and the coal fuel was carried up the hills on A-frames and stacked neatly out of the rain.

Once, Yuja felt he'd forgotten something as he was making his way down the hill after visiting one such unfortunate family. He didn't realize what it was until he spotted the grocer at the base of the hill and remembered that all he had seen in the kitchen was soy sauce. He bought a string of baby corvina, paid for out of his own pocket. The Dae-cheon man in him, who was from the sea and did not consider a meal complete without something that smelled like the sea, influenced his choice of gifts.

란 사실만을 번번이 재확인하고 말았을 뿐이었다.

그는 깎아서 말하자면 보기 드문 악바리였다. 하지만 가해자나 피해자 편으로는 오히려 인간미가 넘치는 든든한 해결사였고, 그를 세상에서 다시없는 악바리로 치부함 직한 곳은 오직 한 군데, 즉 자동차 보험 회사뿐이었던 것이다.

그는 피해자나 피해 가족에게 공정한 보상이 되도록 애쓰면서도, 가령 사건 브로커 따위가 뛰어들어 총수의 사회적인 위치를 기화로 사망자의 장례를 거부하고 버티거나, 시체를 볼모 잡아 시위하며 터무니없는 요구를 하는 경우에는 단호하게 대처하였다.

그런 경우에도 물론 법에 묻기 전에 설득을 먼저 하였다.

"이봐요, 돌아가신 양반이 돈 타 먹으려고 돌아가신 건 아니잖소, 시신두 부르는 게 값인 중 아슈? 물건이던 감? 시방 무슨 흥정을 허구 있는 겨. 여기 식인종 읊어, 산 사람은 월급이나 품삯이 챘다(올랐다) 하렸다(내렸다) 허니께 혹 상품이 될는지 몰라두 시신은 상품이 아닌 규."

그런 와중에도 피해 가족의 대개는 사건이 마무리된

Yuja climbed the hill again and tied the string of fish up high in the kitchen where the dogs and cats could not reach it, and said, "All the rice and boiled dough in the world is no good if you only have soy sauce in the kitchen. People gotta eat something that's got some kind of chew to it. Grill it over coal, or steam it with some rice. The fish doesn't look like much, but it'll taste okay to an old timer like yourself."

The old woman had regarded Yuja stiffly earlier when he'd delivered the rice and fuel, thinking it was company protocol. But this time, she walked him to the gate and stood dabbing at her eyes until Yuja disappeared around the corner.

7

In Yuja's early days as an itinerary director, he was routinely kicked around by the victims' families. This was especially true when there were fatalities. When the families' pent-up anger had been brewing for days without any outlet while the offender was in custody or missing, Yuja would appear and introduce himself as the representative from the company responsible for the accident.

뒤에 그에게 사의를 표하는 것이 예사였다. 환자에 대한 잦은 문병과 신속한 치료 조치, 사망자가 난 사건에는 넉넉한 부의와 정중한 조문, 장지까지 따라가서 장례를 거드는 보기 드문 성의와 적극적인 보상 절차 이행, 그리고 한 푼이라도 더 보태어 주려고 보험 회사와 밀고 당기는 지능 대결 등을 통하여 그의 진면목을 발견한 사람은, 비록 악연으로 만난 사이일망정 그 나름의 감동이 없을 수가 없었던 것이다.

그리하여 사건을 끝내면서 그들에게 진심 어린 치하와 더불어 따끈한 차라도 한 잔 대접받게 되면, 그는 그 일로 인하여 누적된 피로가 씻은 듯이 가시면서 자신의 소임에 대한 새로운 인식과 함께 보람마저 느끼는 것이었다.

뒷맛이 씁쓸했던 일도 없지는 않았다. 사망자가 생전에 변변치 못했던가 싶은 사례가 그러하였다.

사고 발생의 요인이 복합적으로 뒤엉켜서 본의 아니게 해결이 지연되는 사건도 적지 않았다. 사건을 들고 법정으로 가거나, 보험 회사에서 제기한 이의에 분쟁의 소지가 있어도 자연히 시일을 끌었다.

사망자의 부인이 젊으면 더욱 그러하였다. 부인의 뒤

The family would gang up on him, seizing him by the collar and swinging their fists before Yuja could say two words. The more apologetic and cooperative they were later when they sat down to work with Yuja, the more emotional and aggressive their initial reactions would be.

"Heungbu got to sell himself for beatings thanks to his older brother Nolbu's rich friends, but you—you're getting beat up because these drivers you call your coworkers are poor-as-dirt! You used to be the stinking secretary of a minister from the last regime, and you still managed to get out of the military coup without so much as a scratch. And look at you now. You're poking around funeral halls where people call you names and punch you in the face. What's in it for you anyway? Does your boss reimburse you for the Mercurochrome? Does the president pay for the buttons you lose in a scuffle? Did your scholar grandfather teach you to spend your life being someone's punching bag? Did your father, who traveled all the way to Tokyo to study, teach you to be the village soccer ball? You have a wife and children, for goodness sakes. What a sorry little son of a bitch you are..."[1]

After one of these incidents, Yuja would spend

에 친정 오라비를 자처하는 자가 따라다니면서, 부인에게 잘 보이려고 생색이 날 일을 찾게 되면 열에 일고여덟이 그렇게 되는 것이었다.

그가 보기에는 그런 친정 오라비에도 두 가지 종류가 있었다. 사망자의 사십구재 이전부터 모습을 나타내는 친정 오라비는 사망자가 살아 있어서부터 그녀와 서로 네 거니 내 거니 해 온 사이였고, 사십구재라도 지나가고 나서 끌고 다니는 친정 오라비는, 유흥가에서 만난 직업적인 제비족이 분명하였다.

그는 사건 처리를 하면서도, 신통찮던 남편에게서 속 시원히 해방되고, 예정에 없었던 목돈을 쥐게 되고, 사내를 새로 만나서 딴 세상이 있었음을 발견한 젊은 과부의 그 의기양양한 모습을 볼 때처럼 맥살이 풀리고 마음이 언짢을 때가 없었던 것이다.

그는 그럴수록이 공사 간을 분명히 하여 일을 매듭지었다.

그런데 그런 여자일수록 사건이 해결된 뒤 그에 대한 사의 표시가 차 한 잔 정도로는 크게 결례라고 생각하는 축이 많은 편이었다. 여러 말 할 것 없이 몸으로 때우겠다는 거였다. 그에게는 정해진 대답이 있었다.

hours feeling sorry for himself. But as they say, the answer comes to you when you need it most. Yuja learned that the best medicine for these situations was the preventive kind.

This was his plan: When he went to pay his respects at funeral halls, he didn't introduce himself right away. He didn't even look around to see if the funeral was following the Buddhist or Christian tradition. He went straight to the shrine, bowed, and wiped his eyes with a hankie as he knelt. Even when he could not work up a tear, he made it seem like he was crying by digging the hankie into his eyeballs. An elderly member of the bereaved family would soon take pity on Yuja as he made a spectacle of himself and held up the line of mourners, and would gently pat him on the shoulder and offer Yuja words of comfort.

"Rotten bastards... There's no excuse for this sort of crime... even if the culprit is a scumbag who can't make an honest living except by driving. Son of a bitch..." Yuja would curse the driver with a straight face, offer a thick envelop for the grieving family, and would be led away for food and liquor by the elderly man who'd patted him on the shoulder earlier.

"드으런 년."

그렇게 한마디로 자리를 박차버리는 것이었다.

그가 괴로워하는 것은 비단 피해자 쪽의 사정만도 아니었다.

사고를 낸 운전수가 당황하여 숨어버리거나 구속이 되어도 마찬가지로 안됐고 안타까운 것이었다.

그는 운전자의 운전 윤리에 누구보다도 반듯하였다. 그러므로 운행 중에 때 아닌 곳에서 과속으로 앞지르기를 하거나, 옆에서 끼어들어 진로 방해를 하거나, 차선을 함부로 넘나들거나, 신호등이 바뀌기 전부터 앞으로 나가지 않는다고 뒤에서 경적을 울려대거나, 운전 상식이나 도로 질서에 도전하는 자를 보면, 매양 혼잣말처럼 중얼거리기를 잊지 않았다.

"츤헌늠…… 저건 아마 즤 증조할애비는 상전덜 뫼시구 가마꾼 노릇허구, 할애비는 고등계 형사 뫼시는 인력거꾼 노릇허구, 애비는 양조장 허는 자유당 의원 밑에서 막걸리 자즌거나 끓었던 집안 자식일겨. 질바닥서 까부는 것덜두 다 계통이 있는 법이니께."

그가 다루는 사건도 태반이 가해자의 운전 윤리 마비증이 자아낸 것이었다. 그렇지만 가해자가 그룹 내의

After a three or four drinks and cigarettes, curiosity would get the better of the elderly man: "Pardon me, but how did you know the deceased?"

Only then would Yuja sit up straight and politely give him his business card. By then, it would be too late for the bereaved—even the most foul-tempered of them—to kick the table over and swing a punch at the man who had already shared a few drinks with him. Moreover, if another family member marched over to give Yuja a piece of his mind, Yuja's preexisting rapport with the elderly man compelled the elderly man to intervene. In other words, it was only in the early days of Yuja's term as an itinerary director that he could not avoid the physical attacks at the funeral halls.

At many funeral halls, Yuja often came across elderly family members who had suffered strokes or were having sputum problems. Yuja learned acupuncture in order to help them. He was a quack acupuncturist, but he always carried needles around with him.

Yuja also often witnessed the solemnity of interments disintegrate into quarrels between relatives who could not reach an agreement on the auspiciousness of the gravesite. Sometimes, the be-

동료 운전수라 하여 팔이 들이굽는다는 식의 적당주의
를 취한 적은 거의 없었다.

다만 사건 처리에 필요한 서류를 갖추기 위해 신상
기록 대장에 있는 주소를 찾아가 보면 일쑤 비탈진 산
꼭대기에 더뎅이진 무허가 주택에서 근근이 셋방살이
를 하는 축이 많았고, 더욱이 인건비를 줄이느라고 임
시로 쓰던 스페어 운전수들이 사는 꼴이 말이 아닐 때
는, 그 운전자의 자질 여부를 떠나서 현실적인 딱한 사
정에 괴로워하지 않을 수가 없었던 것이다.

스페어 운전수는 대체로 벌이가 시답지 않아 결혼도
못 한 채 늙고 병든 홀어미와 단칸 셋방에 살고 있거나,
여편네가 집을 나가버려 어린것들만 있는 경우가 적지
않았고, 들여다보면 방구석에 먹던 봉지쌀이 남은 대신
연탄이 떨어지고, 연탄이 있으면 쌀이 없거나 밀가루
포대가 비어 있어, 한심해서 들여다볼 수가 없고 심란
해서 돌아설 수가 없는 집이 허다한 것이었다.

그는 결국 주머니를 털었다. 스페어 운전수의 사고에
는 업무 추진비 명색도 차례가 가지 않아 자신의 용돈
을 털게 되는 것이었다. 식구가 단출하면 쌀을 한 말 팔
아 주고, 식구가 많은 집은 밀가루를 두 포대 팔아 주고,

reaved fought with graveyard workers over the right way the grave should face. So Yuja bought some books on geomancy and brought along a compass to settle disputes on which way the graves should face. In times like these, the gift of gab that saw him through his army training never failed to deliver.

While learning about geomancy, Yuja also need-ed to learn how water veins worked. So he sought out Catholic priests in Sangdo-dong or Noryangjin who were rumored to be master dowsers. Yuja learned to use the dowsing rods, took catechism lessons while he was at it, and was later baptized.

Now that I think about it, the president had an eye for talent and talent for management. It wasn't long before he finally saw potential in Yuja.

The *chaebol* president promoted Yuja from itin-erary director to head of his division. But that was as far as Yuja could go. Yuja did not receive a sin-gle promotion for ten years. The president knew well that if he were to promote Yuja to a new po-sition, no one would be able to replace him.

Yuja asked the president why division head was as far as he was allowed to go.

The president said nothing more than that it was

그리고 연탄을 백 장씩 들여놓아 주는 것이 그가 용돈에서 여툴 수 있는 한계였다.

그는 쌀가게에서 쌀이나 밀가루를 배달하고, 연탄가게에서 연탄 백 장을 지게로 져 올려 비에 안 젖게 쌓아 주기를 마칠 때까지 그 집을 떠나지 않았다. 그리고 그 집을 나와서 골목을 빠져나오다 보면 늘 무엇인가를 빠뜨리고 오는 것처럼 개운치가 않았다.

그는 비탈길을 다 내려와서야 그것이 무엇이라는 것을 깨닫곤 하였다. 산동네 초입의 반찬가게를 보고서야 아까 그 집의 부엌에 간장밖에 없었던 것이 뒤늦게 떠오른 것이다.

그러면 다시 주머니를 뒤졌다.

그가 반찬가게에서 집어 드는 것은 만날 얼간하여 엮어 놓은 새끼 굴비 두름이었다. 바다와 연하여 사는 탓에 밥상에 비린 것이 없으면 먹어도 먹은 것 같지 않아 하는 대천 사람의 속성이 그런 데서까지도 드티었던 것이다.

도로 산비탈을 기어 올라가서 굴비 두름을 개 안 닿게 고양이 안 닿게 야무지게 매달아 주면서,

"뷕에 제우 지랑뺵이 읇으니 뱁이구 수제비구 건건이

a matter of Yuja's personal background.

Yuja did not go to the trouble of asking the president why a transportation company's H.R. policies were influenced by the "guilt by association" law. The company had an airline.

Yuja didn't resent the president. He also didn't resent the administrations that campaigned abolishing "guilt by association" laws and then forgot they ever mentioned it the moment they came into power.

When it came to "guilt by association" law, Yuja's take on it was always "blame no god or man for your own misfortune." It goes without saying that he didn't resent his father for living according to his own principles and being executed young.

Yuja wrote his father's *jibang* (spirit paper bearing the name of the deceased) for his memorial rites, but never the conventional "The Spirit of the Late Scholar and Father." He always wrote, "The Spirit of the Late South Joseon Labor Party Hongseong-gun Regional Chairman."

A neighborhood lady came to help with the memorial rites and commented on the *jibang*. "That is one long *jibang*," she said.

"Yes, it is a long *jibang*." Yuja smiled. It was a

가 있으야 넘어가지유. 탄불에 궈 자시던지 뱁솥에 쩌
자시던지 하면, 생긴 건 오죽잖어두 뇌인데 입맛에 그
냥저냥 자서 볼 만헐뀨."

쌀이나 연탄을 들여 줄 때는 회사에서 으레 그렇게
돌봐주는 것이거니 하고 멀건 눈으로 쳐다만 보던 노파
도, 그렇게 반찬거리까지 챙겨주는 자상함에는 그가 골
목을 빠져나갈 때까지 눈시울을 적시고 있는 것이 보통
이었다.

7

그가 노선 상무로 나간 초기에는 피해자 가족들에게
속절없이 봉변을 당하기에 바빴다.

사망자가 난 사고에서는 더욱 그러하였다. 운전수가
연행되어 조사를 받고 있거나 아예 달아나버려서 분풀
이를 하고 싶어도 상대가 없어서 앙앙불락하던 차에,
사고를 낸 회사에서 사고 처리반이 나왔다고 하면 대개
는 옳거니, 때맞추어 잘 만났다 하고 떼거리로 달려들
어 덮어놓고 멱살을 잡으며 주먹부터 휘두르고 보는 것
이 예사였다. 나중에는 사람을 잘못 알고 실수했노라고

lonely smile.

He led a solitary and weary life, but he did not let it show. He drowned his sorrows in liquor and buried his heartache in books and helping others.

His friendship with a wide range of writers, I imagine, was of comfort to him.

He loved many a writer, and many a writer loved him. His good writer friends included Yi Ho-chol, Ko Un, Cheon Seung-se, Sin Gyeong-nim, Park Yong-su, Yeom Jae-man, and Kim Ju-yeong whom he called "older brothers." Han Seung-won, Son Chun-ik, Jo Tae-il, An Seok-gang, Park Tae-sun, and Yang Seong-u were the same age as he, and Gang Sun-sik, Song Ki-won, Yi Si-yeong, Yi Jin-haeng, Chae Gwang-seok, Kim Seong-dong, Im Jae-geol, Jeong Gyu-hwa, Hong Il-seon, and Kim Sa-in were his "little brothers." When Kim Ji-ha was released from prison after a long time, Yuja went all the way to Wonju to see him. Also, he especially cared for Kim Seong-dong, who was also from Boryeong, Yuja's hometown.

When the eminent writers Yu Seung-gyu and Cheon Seung-se got into a car accident, Yuja took care of things like they were family, and when my child got into a car accident, he handled the nego-

사과하고, 일을 처리하는 데도 싹싹하고 상냥하게 협조하는 위인일수록 처음에는 흥분을 가누지 못해 사납게 부르대고 날뛰는 편이었다.

"야, 너, 흥부는 놀부같이 잘사는 형이라도 있어서 매품을 팔고 살았다지만, 너는 뭐냐, 뭐여, 못사는 운전수를 동료라구 둔 값에 매품이나 팔며 살거라, 그거여? 너야말루 군사 정변이 나서 구정권의 거물 비서 자격으루 끌려가서두 볼텡이 한 대 안 줘백히고 니 발루 걸어 나온 물건인디 말여, 그런디 이제 와서 넘의 영안실이나 찌웃그리메 장삼이사헌티 놈짜 소리 듣는 것두 과만해서 주먹질에 자빠지구 발길질에 엎어지구 허니, 니가 그러구 댕긴다구 상무 전무가 아까징끼값을 물어 주데, 사장 회장이 떨어져 밟힌 단추값을 보태 주데? 사대부 가문을 자랑허시던 할아버지가 너버러 이냥 넘의 아랫도리루만 돌며 살라구 가르치셨네, 동경 유학 출신의 아버지가 동네북으로 공매나 맞구 살라구 널 나 놓셨네? 너두 처자가 있는 몸이 이게 뭐라네? 뭐여? 니 신세두 참……."

그는 봉변을 당하고 나면 자기를 저만치 떼어 놓고 바라보며 그런 허희탄식으로 시간 가는 줄을 몰랐다.

118

tiations on our behalf.

Wherever he went, traffic cops saluted him. There was someone he knew at every police station, which made bumping an arrest down to a warning no work at all for Yuja.

He was friends with a doctor or an administration staff member at every hospital. Many writers benefited from his connections. If Yuja came to visit a writer at the hospital, the doctors would come by a few more times every day from then on. Yuja's people received special treatment and were charged inexplicably lower rates.

Whenever his writer friends were in trouble, Yuja always came to the rescue.

On the day of the inaugural rites for Silcheon Publishing—where I was the head—a stack of rice cakes and a hog's head were placed on my desk in the middle of an office packed with writers and reporters. The staff took turns bowing before the hog's head for good luck. Yuja didn't hire a shaman for the occasion, so people in attendance were goading the management in jest to get down on their knees and make wishes.

But I was too sheepish. Editor-in-chief Song Ki-won was too reserved. Executive Yi Seok-pyo was

세상사란 대저 궁즉통인지라, 곰곰이 생각해보니 사나운 일은 그저 예방이 제일이었다.

그가 찾아낸 예방책은 그가 먼저 선수를 쳐서 저쪽의 예봉을 피하자는 것이었다.

그는 실천을 하였다.

사망자의 빈소가 있는 병원의 영안실에 가면 처음부터 신분을 밝히지 않았다. 그는 빈소의 형식이 불교색인지 기독교색인지도 살피지 않았다. 우선 고인의 영정에 절부터 재래종으로 하고 꿇어앉아, 손수건으로 눈자위를 눌러 가며 눈시울을 훔쳤다. 눈물 같은 건 비칠 생각도 않던 눈도 그렇게 거듭 귀찮게 하면 진짜로 눈물이 있었던 것처럼 보이기가 쉬웠다. 또 그렇게 흉물을 떨며 눌러 있으면 상가의 친인척 중에서 나잇살이나 된 사람이 다가와 어깨를 다정히 흔들며 달래기도 했다. 일은 어차피 당한 일인데 애통해한들 무슨 소용이 있겠느냐, 그만 마음을 가라앉히고 저리 가서 술이나 한잔하라는 것이었다.

"에이 쥑일 늠덜…… 암만 운전질이나 해 처먹구 사는 막된 것덜이래두 그렇지, 워쩌자구 이런 짓을 허는 겨, 에이 쥑일 늠덜……."

a devout Catholic. And managing editor Yi Hae-chan was too upstanding for such silliness.

The guests were being polite, and the staff was shifting on their feet.

Finally, Yuja stepped up to the plate.

"Keep this company safe from run-ins with the authorities, make every book they ever print an instant bestseller, and as for the head of this company, may he pull his head out of the liquor vat."

Yuja emphatically rubbed his hands together in prayer on behalf of our company. I credit Do Jonghwan's runaway hit, *My Hollyhock, My Love*, which broke international records in the poetry genre and sold over a million copies, to Yuja's prayer that day.

Then came 1987, when Yuja's health began to decline.

He was working as the chief administrator at a private general hospital when, in the spring of 1987, he was hospitalized at a university hospital larger than the one he worked at.

I went to see him at the hospital. It was obvious even to a layperson like me that his condition was hereditary. He returned to work a few days later. He said he left because the illness was nothing to worry about. I had my doubts, but he was the hos-

천연스럽게 운전수를 나무라며 두툼하게 장만해 간 부의를 하고 물러나면, 아까 어깨를 흔들어 달래던 사람이 술상으로 안내를 하였고, 또 대개는 그 사람이 마주 앉아 술을 권하는 것이었다.

서로 잔을 건네고 담뱃불을 나누고 하면서 서너 순배쯤 하고 나면 궁금한 쪽은 그쪽이라,

"실롑니다만, 망인하고는 어떻게 되시는지……."

하고 신분을 묻는 것이었다.

그는 그제야 앉음새를 고치면서 정중하게 명함을 내밀었다.

이왕에 손님 대접으로 술까지 권커니 잣거니 해 온 사이인데 새삼스럽게 술상을 걷어차며 대거리를 하려 든다면 이미 경위가 아닌 거였다. 비록 성질이 불같은 사람이라 하더라도 때를 놓친 것이었다.

그뿐 아니라 사고 처리반이 나왔다는 말에 가만두지 않을 작정으로 눈을 홉뜨며 다가오는 이가 있으면, 중간에 서서 볼썽사나운 일이 있어나지 않게 하는 책임 의식이 들기도 하는 모양이다. 그러므로 그가 빈소에서 물리적인 대우를 면치 못했던 것은 노선 상무 초기의 얼마 동안에 지나지 않았던 것이다.

pital administrator and I was in no position to question his judgment.

The June 29 Declaration broke out that summer. Laborers all across the country took to the streets. The protests spread all over Seoul like wildfire.

One day, a large group of laborers swarmed into the hospital where Yuja worked. They were all injured—some of them gravely. It was up to the chief administrator to decide whether or not to authorize admitting injured persons who required long-term care. Apparently, the laborers had been protesting layoffs when a tear-gas attack herded them into a building where, unable to escape, the laborers had jumped out the second floor windows. Yuja ordered their immediate hospitalization.

The hospital director summoned him. He showed him the medium-length article in the society section of that day's newspaper and demanded an explanation. These people had nothing—how would they foot the bill? They had been fired after a dispute with management, so their companies weren't going to pay. The government sure as hell wasn't coming to the rescue. The hospital director was right to be concerned.

In lieu of an explanation, Yuja said that the hos-

빈소에 드나들다 보면 망자의 가족 가운데 담이 들거나 풍기가 있어서 몸을 제대로 추스르지 못하는 노인이 많았다. 그런 사람을 보아주려고 침놓는 법을 배웠다.

그는 돌팔이 침쟁이였지만 침통을 항상 몸에 지니고 다녔다.

장지에 따라다니다 보니 묏자리가 좋으니 나쁘니 하고 상제나 친척들 간에 불퉁거리고, 좌향이 옳으니 그르니 하고 공원묘지 산역꾼들과 불화하여 장례를 정중하게 치르지 못하는 집도 많았다. 그래서 그럴 때 쓰려고 책을 구해 들여 풍수지리를 배우고 쇠(나침반)를 장만하여 좌향을 정해주기도 하였다.

그럴 때는 훈련소 신병 시절에 써먹었던 입담도 한몫 거들었다.

풍수를 배우는 과정에서 지하의 수맥에 대한 이치도 배워 둘 필요가 있었다. 상도동 성당인지 노량진 성당인지 버드나뭇가지로 수맥을 짚는 데에 권위 있는 신부님을 찾아다니며 수맥을 배우고, 그러는 동안에 천주교에 입문하여 세례를 받기도 하였다.

그리고 보면 그의 총수는 사람을 보는 눈이 있었고 사람을 부리는 꾀가 있었다.

pital exists for patients.

"I am holding you accountable."

"Hold away."

Yuja's argument with the hospital director thus ended with Yuja himself acting as collateral.

The patients recovered speedily. Many of them had completely recovered but were held hostage at the hospital until they could pay their hospital bills. It was time for Yuja to take responsibility, and he knew exactly what to do. There was only one way out of this anyway.

On a Sunday when only the doctors and nurses on call came in to work, Yuja orchestrated the patients' escape, and submitted his letter of resignation the very next day. This was his last gift to the needy.

Now that he was unemployed, the illness he'd been staving off overwhelmed him. In fact, he had not been successfully staving off anything; he had simply been too occupied with the patient exodus to look after himself.

In the days that followed, Yuja grew visibly weak. He dragged his feet around instead of walking. If it hadn't been for his car, he wouldn't have been able to leave his house at all.

총수는 유자의 능력을 높이 사서 곧 과장으로 올려주었다. 그러나 그 이상의 승진은 불허하였다.

유자는 10년이 가도 과장이었다. 그가 자리를 옮기면 누가 그 자리에 가더라도 그만한 능력을 보이지 못하리라는 것을 총수는 익히 알고 있었던 것이다.

유자는 총수에게 자신의 상한선이 과장으로 굳어진 이유를 물었다.

총수는 오로지 신원 조회 탓이라고 말했다.

유자는 구태여 운수 회사에서까지 연좌제를 받드는 까닭에 대하여 구구하게 묻지 않았다. 항공 사업도 겸하고 있었기 때문이었다.

유자는 총수를 원망하지 않았다.

선거 때마다 연좌제 폐지를 공약으로 내걸었다가 정권이 보장되면 언제 그랬느냐 해 온 정권 담당자에 대해서도 원망하지 않았다.

연좌제에 관해서도 불원천불우인(不怨天不尤人)의 자세가 기본이었다. 하물며 소신껏 살다가 일찍이 처형당한 부친을 원망할 터이겠는가.

그는 부친의 제사를 모실 때마다 지방을 썼다. 그러나 현고 학생 운운하는 통속적인 지방은 한 번도 써 본 적

In spite of his condition, Yuja's concern and affection for his friends knew no bounds.

I received a call before dawn. No call that came at that hour ever bore good news. I picked up the receiver expecting the worst. To my surprise, the call concerned news of a young critic named Chae Gwang-seok. He'd passed away in a car accident.

I hung up, smoked a cigarette, and got another call. It was the funerary committee for writers and critics, asking if they could recruit Yuja's help.

Yuja took charge of everything, his own health be damned.

When he discovered that I had been assigned to gravesite detail, he brought along his dowsing rods.

The morning of Chae's interment, Yuja and I rode together to the cemetery. The gravesite was on the very top of a memorial park. The incline was very steep and the recent monsoon had turned the road into a death trap. The cars that had been following us with funerary equipment could not even get halfway up the hill.

It was Yuja to the rescue again. He drove all those cars up to the gravesite as the young drivers looked on with awe at his prowess.

이 없었다.

반드시 이렇게 썼다.

현고 남조선노동당 홍성군당위원장 신위.

일가의 아낙 한 사람이 제삿날 일을 거들어 주러 왔다가 그 지방을 보고 물었다.

"얼라, 워째 이 댁 지방은 저냥 질대유?"

"예, 약간 질게 되여 있슈."

유자는 그러면서 비시시 웃었다.

고독한 웃음이었다.

그는 고독하고 고단한 삶을 살면서도 그것을 내색하지 않았다.

술과 독서와 그리고 남에 대한 봉사의 즐거움으로써 시름을 잊고 애달픔을 삭였다.

문인들과의 폭넓은 교유도 일말의 위안이 됐을는지 몰랐다.

그가 사랑하는 문인, 그를 사랑하는 문인이 많았다. 자주 어울렸던 문인으로 이호철, 고은, 천승세, 신경림, 박용수, 염재만, 김주영 제씨는 그가 성님(형님)으로 모신 문인이었다. 동년배인 한승원, 손춘익, 조태일, 안석강, 박태순, 양성우 제씨는 친구로서 지낸 문인이었고,

The cemetery park was overflowing with mourners, each of whom had their two cents to contribute regarding the gravesite. The graveyard workers, hardened by years of arguing with mourners, would not hear of it. Yuja pulled out his dowsing rods and silenced them all.

Yuja stopped by the headstone factory on his way down. A mason came out to greet him. The mason was from Boryeong. The mason happily offered Yuja a discount.

After taking care of Chae's headstone, Yuja and I headed back to Seoul. Writers Yi Si-yeong and Jeong Sang-muk rode with us. Jeong, an agricultural activist who advocated for environmentally-friendly organic farming, had a vegetable farm on the river in Yangsu-ri. We stopped by his farm and had some of Jeong's homemade strawberry wine.

That was the last drink I shared with Yuja.

Professor Yi Su-in, who had been elected to congress through a by-election in Yeonggwang and Hampyeong, arranged for Yuja's last personal physician. It was the director of the Sinil Hospital, Ji Yeong-il, the very same doctor who fixed my stomach problem.

Yuja left the hospital fooled by Dr. Ji's poker face.

강순식, 송기원, 이시영, 이진행, 채광석, 김성동, 임재걸, 정규화, 홍일선, 김사인 제씨는 그가 아우님으로 부르던 문인이었다. 김지하 씨가 오랜만에 출옥해 있을 때는 원주까지 찾아가서 보았고, 김성동 씨는 고향 후배라 하여 항상 애틋한 눈길을 주었다.

원로 작가 유승규, 천승세 씨가 교통사고를 입으니 자기 일처럼 뛰어다니고, 우리 집 아이가 교통사고를 당했을 때도 그가 해결사 노릇을 해주었다.

어디를 가나 교통순경이 먼저 경례를 붙이고, 경찰서마다 말이 통하는 이가 있어서 즉결 재판감을 훈방으로 깎는 데에도 그가 아니고는 어려운 일이었다.

어느 병원을 가더라도 너나들이를 하고 지내는 의사가 있고 원무실장이 있었다.

그로 인하여 여러 문인이 의료 해택을 입었으니, 그가 입원한 인사를 한 번 위문하고 가면 그날부터 의사나 간호사나 한 번 들여다볼 것도 두 번, 세 번씩 들여다보게 마련이었다. 말 한마디로 특진이 이루어지고 치료비가 예외로 깎였다.

문인들과 관계된 일이라면 언제나 소매를 걷어붙였다.

I did not want to confirm what I already saw coming, so I didn't call Dr. Ji for over a week. The hospital eventually called me. Liver cancer. He had three months.

I cannot bring myself to describe how he suffered in his last days. The scenes from those days I have chosen to keep in my memory are the scenes of writers Han Seung-won, Jo Tae-il, Yang Seong-u, and Jeong Gyu-hwa's last visit, writer Kang Sun-sik, whose colon cancer returned after three surgeries, and who himself died shortly after, clinging to Yuja's bedpost as he prayed for him, the busloads of friends from Daecheon Primary and Secondary Schools coming to see him; and writer Cheon Seung-se wailing over him,

"He's not in a coma, he's fallen asleep on the other side!"

Yuja's childhood friends gathered at the funeral hall to exchange stories of his boyhood mischief.

Writers came in rows. The eminent, the established, and the fledgling writers were his "older brothers," friends, and "younger brothers."

Yuja's funeral took place in the autumn rain.

About a month later, a poem by Yi Si-yeong that rhapsodized Yuja's life was published in the *Kyung-*

내가 대표 명색으로 있던 실천문학사에서 집들이를 겸하여 고사를 지내던 날이었다.

문인과 기자들로 발 디딜 곳이 없는 가운데 대표의 책상 위에 시루와 돼지머리가 올려졌다. 사원들부터 차례로 절을 하였다. 무당이 없으니 대표부터 차례로 꿇어앉아 희망 사항을 신고하고 두 손을 비비라는 농담이 사방에서 빗발치고 있었다.

그러나 숫기 없는 내가 나서서 그럴 터인가, 대중 앞에 나서기를 꺼리는 송기원 주간이 나설 터인가, 독실한 가톨릭 신자인 이석표 상무가 그러기를 할 것인가, 꼬장꼬장한 성품의 이해찬 편집장이 그러기를 할 것인가.

손님들은 손님이라서 점잖게 서 있고, 사원들은 손님을 따라서 남의 집에 온 사람들처럼 막연하게 서 있을 뿐이었다.

그럴 때 소매를 걷어붙이고 나서는 것이 유자였다.

"……그저 관재수 좀 욺게 해주시구, 내는 책마다 베스트셀러가 돼서 돈두 좀 벌게 해주시고, 또 이 회사 대표되는 늠 술 좀 작작 처먹게두 해주시구……."

그는 두 손을 싹싹 빌어 가며 걸쩍한 비라리를 대행하는 것이었다.

132

hyang Monthly.

It was entitled, "Yu Jae-pil."

Yu Jae-pil

The rain drizzled on the day Yu Jae-pil's body left the Samsung Hospital morgue in a hearse. Behind him, the master of the funeral ceremony Yi Mun-gu followed in procession. His shining wit and his surprising talent will live on in the novels of so many, but he himself leaves behind no novel or poem. He leaves behind nothing but a young wife and several children.

Today is the hundredth day since our friend Chae Gwang-seok's funeral. Just a mere hundred days ago, Yu Jae-pil took it upon himself to search high and low for a gravesite, and haggle at the mason's for a headstone that read, "Here Lies Poet Chae Gwang-seok." Was it eel that we had on the river at Yangsu-ri, after we got the discount for the headstone? In his tan face and strong shoulders, in his hearty jokes, who could have imagined death? For most of his short life, he cleaned up after accidents and took care of the dead. Death was perhaps his closest friend. So why does his death seem so unnatural to us? It feels as though he is

그로부터 서너 해가 지나서 펴낸 도종환 시인의 시집 『접시꽃 당신』이 시집 출판 사상 세계적인 기록을 세우며 일백만 부 이상의 초베스트셀러가 됐던 것도, 혹 유자의 비라리에 감응이 있어서였는지 모를 일이었다.

1987년이 되었다.

갑자기 다가온 그의 만년이었다.

그는 어느 개인 종합병원의 원무실장으로 일하고 있었다.

그가 자기가 일하는 병원보다 큰 대학 부속 병원에 불쑥 입원을 했던 것도 이해 봄이었다.

가보니 나처럼 아무것도 모르는 눈으로 보기에도 족보가 있는 병이 아닌가 싶은 증세였다.

그는 며칠 있다가 일터에 복귀했다. 걱정할 병이 아니라 하여 퇴원했다는 것이었다. 나는 긴가민가하였으나 그 자신이 현직 종합병원 원무실장이기에 자기의 병쯤은 제대로 다스릴 수 있으려니 하는 생각도 아울러 하고 있었다.

여름에 6·29 선언이 있었다.

전국의 노동자들이 들고일어났다. 서울에서도 노동자들의 가두시위가 파상적으로 일어났다.

hiding in the next village, waiting in secret to reveal his practical joke.

Today is the day Chae Gwang-seok went away a hundred days ago, and Yu Jae-pil, the man who arranged for his headstone, will reunite with him on the other side of the river.

"How've you been?" / "Welcome, brother. I've settled down in this neck of the woods and pre-pared the way for you. Say hello, fellas. This is our brother Jae-pil. He's the novelist Yi Mun-gu's friend." / "Who's Yi Mun-gu?" / "You stupid bas-tards, there's a man called Yi Mun-gu on the other side!"

Yu Jae-pil remains quiet. He's familiar with the land on account of his work, but is still shy in this new place. Above all, he aches to the bone at the thought of the family he has left behind. He is also worried for Mun-gu, if he returned home from the funeral alright, and how he will take care of his af-fairs without Yu Jae-pil to hold his hand. "Brother, I heard you went to a lot of trouble to settle my car accident case. My family told me when I went back for my forty-ninth day memorial. I'm sorry I never got to offer up a drink at your shrine..."

But Yu Jae-pil still has no words. It must be rain-

어느 날, 그가 있는 병원에 남녀 노동자들이 떼 지어 몰려들었다. 모두가 다친 사람들이었고 중상자도 여러 명이나 되었다.

장기간의 치료가 필요한 중상자의 입원 조치 여부는 입원실의 배정권을 쥐고 있는 원무실장이 결재할 사항 이었다.

알아보니 복직을 요구하며 가두시위를 하다가 최루 탄 작전에 쫓겨 어느 건물로 피해 들어갔던 노동자들 이, 뒤쫓는 추격에 갈 곳이 없어 2층에서 뛰어내리다 중 상을 입었다는 것이었다.

그는 즉시 입원 조치를 지시하였다.

병원장이 가만히 있을 리가 없었다. 원장은 사회면에 중간 크기의 기사로 다루어진 신문을 들이대며, 아무것 도 없는 환자들이 무슨 수로 치료비를 대겠는가, 노사 분규로 해고된 사람들이니 회사에서 부담하겠는가, 뛰 어내리다가 다친 사람들이니 정부에서 보상하겠는가, 원장이 종주먹을 대듯이 따지는 것도 당연한 일이었다.

그는 병원은 환자를 위하여 있는 것이란 말로써 대답 을 대신하였다.

"책임지시오."

ing on the other side, as he lies in his miry bed. It bothers me that he can't hear the coursing river.

This prose poem is also part of his poetry collection, *The Road is Long, My Friend*. The stories I could not tell in my rambling effort to tell his story are well told in his muted words.

I returned from his grave in the cold rain that day and have not returned to see him once ever since. It is unforgivable.

But even today, I cannot visit him. I'm afraid he'll call out to me in his kind voice, "Hey, take it easy. Come on over. It's not too warm here, not too cold, either—it's pretty okay here," and squeeze my hand with his own warm hands.

Belated Ode

You've gone and yet your traces we seek,
for together were our lives complete.
Your life transformed to poetry, to verse,
acclaiming your spirit so sweet.
My friend, taken away at his peak,
In death, as in life, he glows.

"책임지지요."

원장과의 언쟁은 그런 약속을 담보로 하여 끝났다.

환자들의 회복은 빨랐다.

완치된 환자가 늘어 갔다. 다만 치료비가 없어서 인질로 있는 환자도 적지 않았다.

그가 책임지기로 한 일이 박두한 것이었다.

그는 책임지는 방법을 알고 있었다.

어차피 그 한 가지 방법밖에는 없었으니까.

당직 의사와 당직 간호사만 나오는 일요일을 택하여 환자들을 모두 탈출시켰다. 그리고 이튿날 아침에 사표를 냈다. 딱한 사람들에게 베푼 마지막 선물이었다.

실업자가 되어 집에 있으니 주춤했던 병마가 다시 기승을 부렸다. 주춤했던 것이 아니라 환자들을 탈출시킬 때까지 긴장의 연속이어서 자신의 몸은 돌아볼 경황이 없었던 것이다.

그를 만날 때마다 몸이 나날이 허물어지고 있는 것이 눈에 보였다. 걸음걸이도 걷는 것이 아니라 다리를 끌고 다니는 형국이었다. 승용차가 있어서 그나마 외출이 가능한 것 같았다.

그런 상태임에도 남의 딱한 일이라면 외면할 줄을 몰

My arid pen in tears immerse

—endless is the woe.

1) Heungbu and Nolbu are brothers from a Korean folk tale.
   Heungbu is poor but kind, and Nolbu is rich and evil.

Translated by Jamie Chang

랐다.

날이 밝기도 전부터 전화가 오고 있었다. 새벽에 오는 전화치고 좋은 소식이 없었다. 나는 불길한 예감을 떨치지 못한 채 전화를 받았다.

뜻밖에도 젊은 평론가 채광석 씨의 불행을 알리는 전화였다. 교통사고였다.

전화를 놓고 담배 한 대를 피우고 나니 다시 전화가 왔다. 채 씨의 문인장 장례 위원회에서 유자에게 도움을 청하는 내용이었다.

유자는 그 몸을 하고도 일을 맡아서 뛰어다녔다.

내가 치산 위원회에 배속되자 그는 쇠를 챙겨 가지고 나왔다.

채 씨의 문인장 영결식이 있던 날 아침에 유자는 나와 함께 묘지로 차를 몰았다.

장지는 공원묘지의 꼭대기여서 길이 몹시 가파른 데다 장마에 파이고 무너져서 거칠기가 짝이 없었다. 산에서 쓸 장례용품을 싣고 뒤따라온 차들은 반도 오르지 못해서 시동이 꺼졌다.

유자가 나섰다. 뒤로 미끄러지기만 하던 차들을 모두 끌어 올렸다. 삼십 대의 젊은 운전수들이 유자의 노련

한 운전 솜씨에 탄성을 지르고 있었다.

영결식을 마치고 온 조객들이 산을 뒤덮고 있었다.

조객들이 열이면 열 소리로 참견을 해대니 산역꾼들
도 그들 나름의 성질과 버릇이 있어서 뻗버듬하게 나왔
다. 그러나 유자가 한번 쇠를 놓자 아무 일도 없었다.

유자는 산역을 마치고 내려오다가 비석 공장에 들렀
다. 거기서도 먼저 알아보고 인사를 하는 석수가 있었
다. 보령에서 올라온 석수였다. 유자는 비석값을 깎았
다. 석수는 깎자는 대로 깎아 주었다.

채 씨의 묘비를 계약해주고 귀로에 올랐다. 이시영 씨
와 정상묵 씨가 동행이었다. 정 씨는 양수리의 강가에
서 채소 농장을 하고 있었다. 무공해 유기 농업을 주창
해 온 농빈 운동가였다.

정 씨의 농장에 들러 정 씨가 담근 딸기술을 한잔씩
했다.

유자와 내가 함께 나눈 마지막 잔이었다.

지금은 영광·함평 보궐선거를 통해 국회의원으로 일
하는 이수인 교수가 유자의 마지막 특진을 주선해 주었
다. 내 위장병을 고쳐 준 신일병원 원장 지영일 박사의
특진이었다.

유자는 지 박사의 노련한 표정 관리에 속아 태연하게 병원을 나섰다.

나도 내내 속고 싶었다. 그래서 일주일이 지나도록 지 박사에게 전화를 하지 않았다.

일주일이 넘도록 전화가 없자 병원에서 먼저 진실을 알려 왔다. 간암. 여명 삼 개월.

남은 기간의 투병 생활에 대해서는 차마 쓸 수가 없다.

다만 한승원, 조태일, 양성우, 정규화 씨 등이 문병하던 모습, 특히 직장암을 세 축이나 수술하고도 재발하여 자신의 여명도 얼마 남지 않았던 작가 강순식 씨가 유자의 병상을 부여잡고 하늘을 부르며 기도해주던 모습, 대천에서 초등학교, 중학교 동창들이 버스를 몰고 와서 문병하던 모습, 그리고 유자가 혼수상태에 빠진 것을 보고 "이건 혼수가 아니야, 저승잠이야" 하고 오열하던 천승세 씨의 모습이나 오래도록 간직하고 싶을 뿐이다.

유자의 빈소에서 그의 죽마고우들이 모여 그의 개구쟁이 시절에 대해서 이야기하고 있었다.

문인들이 줄을 잇고 있었다. 그가 혹은 성님으로 모시고, 혹은 친구로서 놀고, 혹은 아우님으로 부르면서 어울렸던 문단의 원로, 문단의 중진, 문단의 신예들이었다.

유자의 장례식은 가을비 속에서 이루어졌다.

그리고 달포가량 지나서 시인 이시영 씨가 유자를 읊은 시 한 편이 경향신문사에서 발행하는 《월간경향》지에 발표되었다.

제목은 「유재필 씨」였다.

유재필 씨

비가 구죽죽이 내린 날, 유재필 씨의 시신은 영구차에 실려 답십리 삼성병원 영안실을 떠났습니다. 그 뒤를 호상 이문구 씨가 따랐습니다. 번뜩이는 익살과 놀라운 재기로 수많은 사람의 소설 속 주인공이 되었지만 사신은 이 지상에 한 편의 소설도 시도 남기지 않은 채 새파란 아내와 자식들을 남기고 갔습니다.

오늘은 또한 벗 채광석의 일백 일 탈상날이기도 합니다. 바로 일백일 전 오늘 유재필 씨는 채광석 장례의 지관이 되어 이산 저산을 뒤지며 터를 잡고 돌집에 내려와서는 '시인 채광석의 묘'라고 새긴 돌값을 깎았습니다. 돌값을 깎고 내려와선 양수리 한강변에서 장어를

사 먹었던가요. 햇빛에 그을은 새까만 얼굴과 단단한
어깨, 넘치는 재담에서 우리는 그의 죽음을 상상도 못
했습니다. 왜냐하면 그의 길지 않은 생애의 대부분의
직업이 죽은 자의 시신을 처리하는 사고 처리반 주임이
었으니까요. 죽음은 어쩌면 그와 가장 친숙한 길동무였
습니다. 그러나 그의 죽음이 왜 이렇게 자연스럽지 않
은지요. 그는 우리들을 잠시 놀라게 하려고 이웃 마실
에 간 것만 같습니다.

　오늘은 일백 일 전에 세상을 떠난 광석이와 그를 묻
고 돌을 세운 유재필 씨가 한강변의 이산 저산에서 만
나는 날입니다. "잘 있었나?" "예, 형님 어서 오십시오.
제가 이곳에 좀 먼저 온 죄로 터를 닦아 놨습니다. 야,
얘들아 인사드려라, 재필이 성님이다. 소설가 이문구
씨 친구." "이문구 씨가 누구요?" "야 씨팔놈들아, 저세상
에 그런 소설가가 있어!" 유재필 씨는 아직 아무 말이
없습니다. 남들이 묻힐 자리를 찾기 위해 수차례 오갔
지만 아직은 좀 서먹한 산천과 무엇보다도 세상에 두고
온 가족들에 대한 슬픔이 뼈끝에 시려 오기 때문입니
다. 그리고 문구는 잘 갔는지, 그 자식은 내가 없으면 어
려운 일 당했을 때 뉘를 찾을지도 궁금하여 안심이 안

됩니다. "형님, 제 교통사고건 맡아 처리하시느라고 수고 많으셨다메요. 저번 사십구재 때 내려가서 가족들이 얘기하는 것 들었습니다. 술도 한잔 못 받아 드리고……."

그러나 유재필 씨는 아직 말이 없습니다. 저세상에 비가 내리는지 누운 자리가 좀 끕끕합니다. 그리고 강물소리가 시원히 들리지 않는 것이 마음에 걸립니다.

이 산문시는 이시영 씨의 세 번째 시집『길은 멀다 친구여』(실천문학사 발행)에도 실려 있다.

내가 두서없이 늘어놓느라고 못 다한 이야기가 이 시속에 절제된 언어로 잘 함축되어 있다.

찬비를 맞으며 돌아섰던 그의 무덤을 나는 그 뒤로한 번도 찾아보지 않았다. 있을 수 없는 일이었다.

그러나 나는 지금도 그를 찾아갈 수가 없다. 내가 가면 그 다정한 음성으로,

"야, 너두 그 고생 구만허구 나랑 하냥 있자야, 덥두않구 춥두 않구, 여기두 있을 만혀……."

하며 내 손을 꼭 붙들 것만 같아서.

이제 찬한다.

유명이 갈렸건만 아직도 그대를 찾음이여

오롯이 더불어 살은 진한 삶이었음이네.

수필이 되고 소설이 되고 시가 되어 남음이여

그 정신 아름답고 향기로웠음이네.

아아 사십 중반에 만년이 되었음이여

남보다 앞서 살고 앞서 떠났음이로다.

붓을 놓으며 다시금 눈물 젖음이여

그립고 기리는 마음 가이없어라.

『유자소전』, 랜덤하우스중앙, 2005

해설

Afterword

전통 양식의 현대적 계승

고인환 (문학평론가)

이문구는 가장 한국적인 소설을 쓴 작가의 한 사람이다. 향토적인 언어, 전통적 서사 구조, 농촌공동체에 대한 향수 등은 이문구 소설을 규정하는 주요 키워드이다. 그의 소설은 산업화의 논리가 배제하고 거부했던 전통적 삶의 양식을 현재적으로 부활시키고 있다. 이문구가 활발하게 활동한 1960~70년대는 급속한 근대화로 인해 전통적인 농촌 공동체의 붕괴, 인구의 도시 집중 등 근대성의 부정적인 양상이 두드러지게 표출된 시기이다. 그는 전통적 서사 양식을 통해 근대적 삶의 부정적 양상을 비판적으로 성찰한 작가의 하나이다.

이문구 소설에 나타난 전통적 서사 규범은 인물의 삶

A Modern Inheritance of a Narrative Legacy

Ko In-hwan (literary critic)

Yi Mun-gu is one of the most Korean of novel-
ists. Indigenous language, traditional narrative
structure, and a nostalgia for agrarian communities
are three elements that characterize Yi Mun-gu's
works. His novels are a modern resurrection of a
more traditional way of life. Yi Mun-gu was at the
height of his career in the 1960-1970s when the
negative consequences of modernization, such as
the collapse of the agrarian community and high
population density in cities, started to become se-
rious issues. He is an example of a writer who crit-
ically portrayed the negative aspects of modern life
through a traditional narrative style.

을 사실적으로 기록하는 전(傳)의 형식, 입체적 인물과 대비되는 평민적 인물의 적극적 창조, 구어적 표현과 방언을 적극적으로 활용하는 문체, 전통적 삶의 양식을 존중하는 작가의식 등을 들 수 있다.

「유자소전」을 통해 이러한 전통지향성이 지닌 의미를 일별해보기로 하자. '한 친구가 있었다'라는 상투적인 표현으로 시작되는 이 작품은, 작가의 오랜 벗 '유재필'의 짧고 강렬한 삶을 사실적으로 기록하는 전(傳)의 형식을 띠고 있다. 작가는 유자는 물론 모든 등장인물들을 실명으로 제시하고 있으며, 유자와 얽힌 일화 또한 있는 그대로 서술하고 있다. 이러한 수필적 성격(사실적 요소)은 소설의 형식이 인공적 플롯을 통해 은폐하고 억압한 일상적 삶의 자잘한 결을 복원하는 데 기여한다. 인물 중심의 느슨한 서사 구조는 서구의 근대소설 양식보다는 전통적 이야기체를 선호하는 작가의 미학적 성향을 보여주는 예라 할 수 있다.

다음으로, '유자'의 성격을 살펴보자. 유자와 같은 인물은 오늘날 역설적으로 개성을 발휘한다. 유자를 형상화하기 위해 동원된 토속어와 한자, 그리고 관용적 표현 등은 전통적 삶의 관점에서는 익숙한 것이다. 우리

The elements of the traditional narrative evinced in Yi Mun-gu's novels are the life-like, biographical narrative style, the active creation of everyman characters that contrast with dynamic ones, the integration of colloquial expressions and dialects, and the respect for a more traditional way of life.

This propensity for the traditional is first encountered in "A Brief Biography of Yuja" in the somewhat archaic-sounding opening line, "There was once a friend." A biographical tale of the brief but passionate life of the writer's old friend, Yu Jae-pil, and all the characters in the story including the writer himself, are mentioned by their real names. The anecdotes surrounding Yuja are also told as they happened in real life. The memoir style restores the subtle texture of everyday life to the narrative of the novel, which had been suppressed and erased for the sake of the plot. The loose narrative structure woven around the character is an example of Yi's aesthetic sensibility, one that prefers traditional narrative styles to the narrative of the western modern novel.

Characters such as "Yuja" also add to the traditional aspects of the story. Yuja reads like an eccentric character today. The indigenous terms,

가 이를 낯설게 느끼는 것은 표준어, 산업화, 도시화 등에 너무나 익숙해져 있기 때문이다. 유자는 '교환가치'가 지배하는 사회에서 '사용가치'의 소중함을 환기하는 전형적 인물이라 할 수 있다.

마지막으로, 「유자소전」에 나타나는 주변부 언어로서의 방언은, 사라져버린 농촌 공동체에 대한 지극한 그리움을 드러내는 데 기여한다. 표준어가 이성의 언어라면 토속어는 감성의 언어이다. '유자'는 그 잊힌 말의 본래 숨결, 즉 공동체적 삶의 훈훈함까지 살려내는 '말하는 방언사전'이다. 이문구 소설에서 쉽게 찾아볼 수 있는 판소리 문체를 계승한 듯 보이는 익살과 해학, 주저리주저리 엮이는 서술자의 사설, 인물의 인정미를 섬세하게 표현 장문, 주제를 비유적으로 구상화하는 관형어 등은 근대소설의 문법과는 이질적인 서사 미학을 형성한다.

이문구는 소설의 시대에 전통적인 이야기체를 고수한다. 의사소통의 직접성에 의존하는 이야기체는 근대적 삶의 전개에 따라 몰락의 길을 걸을 수밖에 없다. 그러나 이러한 지향이 근대적 삶의 부정성, 즉 소외와 분열을 극복하려는 미학적 계기로 작동할 때 강력한 정서

classical Chinese, and idiomatic expressions are such staples of traditional stories that they seem alienating in our day and age. As modern readers, we have grown accustomed to standard Korean, industrialization, and urbanization in our literature. Yuja is a character who reminds us of the absolute value of things in a more utilitarian society.

Lastly, dialect, as a marginalized language in "A Brief Biography of Yuja," serves to express a genuine nostalgia for the vanished agrarian community. If standard Korean is the language of reason, dialect is the language of emotion. Yuja is a walking dialectical dictionary. He breathes life back into forgotten expressions and resurrects the warmth shared within the community. Elements that are easily found in the novels of Yi Mun-gu, such as pansori-rooted satire and comedy, winding, interweaving plots laid out by the narrator, passages that provide delicate depictions of the protagonist's character, and phrases that illuminate the theme of the story, come together to form a narrative aesthetic that is different in substance from the style of the modern novel.

Yi Mun-gu's novels insist on traditional storytelling narratives in an age of novels. The storytelling

적 파급력을 일으킬 수 있다.

이를테면, '사필귀정의 원칙과 진실에 대한 신뢰'를 쉽사리 찾아볼 수 없는 타락한 사회에서, 이를 묵묵히 실천하는 '유자'의 삶은 강한 호소력을 불러일으킨다. '유자'는 '양심적', '정서적'으로 부끄러움이 없는 '인정미' 넘치는 '든든한 해결사', 즉 '선비적인 덕량의 본보기'인 셈이다.

유자를 둘러싸고 있는 전통의 '아우라'는 마치 다음과 같은 문제의식을 제기하고 있는 듯하다.

'우리는 근대화를 통해 많은 것을 얻었다. 하지만 잃은 것도 그에 못지않다.'

이문구의 소설은 이 잃은 것들을 기억하자고 호소한다. 근대성은 여전히 미완의 기획이다. 우리는 근대화의 기억이 미처 품지 못한 결핍의 요소들을 찾아내고 그 부족한 지점을 채워 넣어야 한다. 이문구의 소설은 산업화의 논리가 배제하고 거부했던 소중한 가치들을 되돌아보게 한다. 그는 전통적 양식을 통해 근대 문명의 결핍을 보완하고자 한 것이다.

narrative, which relies on direct communication, is doomed to extinction with the adoption of modern lifestyles. But when this propensity functions as an aesthetic impetus to overcome the negative aspects of modern life—isolation and segregation within sprawling urban centers—it can wield a wide-reaching emotional power.

For instance, the life of Yuja, a man who quietly upholds the values of justice and the pursuit of the truth, is compelling against the backdrop of a corrupt society. A trusty problem solver with a heart of gold, a man who has a clean conscience and a wholesome disposition, Yuja is the paragon of *seonbi* (traditional noblemen) values.

Yuja's traditional aura relays the message that, through the process of modernization, we've lost as much as we've gained. Yi Mun-gu's novels implore us to remember those qualities that have been lost. Modernity is still an unfinished project. We must find the deficiencies that the rosy memories of modernization have failed to acknowledge and fill those voids. Yi Mun-gu's novels remind us of the important values that so many of us have rejected through the logic of industrialization. Yi attempts to make up for the deficiencies of modern

civilization through the adoption of traditional ele-
ments.

비평의 목소리

Critical Acclaim

이문구의 소설이 지니고 있는 매력이 그의 독특한 문체에 있다는 사실은 구태여 강조할 필요가 없다.『관촌수필』(1977),『우리동네』(1981),『유자소전』(1993) 등을 통해 구현되어온 저 유려한 토박이말과 구어체의 세계는 이미, 이문구만이 그려낼 수 있는 우리 소설사의 한 진경으로 자리잡고 있다. 그 세계의 한가운데에 있는 것이 충청도 사투리거니와, 충청도 말이 얼마나 매력적인 언어인지를 보여준 것만으로도 그의 작가적 소임은 충분했다 할 만큼 그 세계는 매력적이다. 그것이 사투리나 혹은 충청도 방언 자체의 힘만이 아닌 것은 물론이다. 거기에는, 그 말을 쓰는 사람들이 보여주는 토박

It goes without saying that the charm of Yi Mun-gu's novels comes from his unique tone. The worlds Yi puts together by weaving indigenous expressions and colloquialisms into his narratives, as we have seen in *Gwanchon Essays* (1977), *Our Village* (1981), and *A Brief Biography of Yuja* (1993), have already firmly established themselves as a uniquely Yi Mun-gu contributions to the landscape of Korean literature. In the heart of these worlds is the Chungcheong-do dialect. The world Yi constructs around this dialect have such charm that one could say Yi Mun-gu has more than done his job as a novelist by introducing readers to the beauty of the

이스런 삶의 다양한 체취들과 농민적인 정서, 그리고 『관촌수필』에서 드러나는 사위어가는 것들 혹은 사라져버린 것들의 잔영이 주는 애가적인 분위기 등이 모두 함께 뒤섞여 있다. 그 모든 것이 곧 사투리이고, 충청도스러움이고 촌스러움이다. 저 도시적인 강팍함에 비하면 지나치게 연약하여 이내 사라져버릴 것처럼 느껴지는, 인간적인 유대의 공간이자 전통적이고 공동체적인 분위기다.

서영채

나는 이문구라는 작가를 몇 번 만나본 적이 있다. 겉으로 보기엔 매우 수줍어하는, 숫기가 없고 지극히 말이 적었다. 그의 작품 속엔 요설과 입심과 상소리가 그침 없는 터이지만, 실상 그것은 문체가 주제를 선택하고 잉태한다는 점을 의미할 것이다. 혼(魂)의 형식에의 의미 부여가 이문구에게는 지적 조작이 아닌 거의 본능적인 문체의 힘으로 살아나는 것이다. 그것은 한국어가 감당하는 정통적 수사맥이며 따라서 한국인이면 누구나 서서히 취하게 되고 마침내는 가락으로 변하여 혼의 울림과 분리될 수 없는 신명의 상태를 빚는다. 그의 소

Chungcheong-do dialect. This dialect is, of course, not just a variation of a language, but a means of communicating a certain way of life—the various aspects of rural life, the farmer ethos, and the vestiges of the effervescent and the extinct. As we see in *Gwanchon Essays*, it arouses a bittersweet nostalgia for the past. The story itself is a dialect, a story of Chungcheong-do-ness and a celebration of the sweet country bumpkin spirit. It is a space for solidarity and the sense of tradition and community that, contrary to the cold immensity of the city, seems so frail it could disappear at any moment.

Seo Yeong-chae

I have met the novelist Yi Mun-gu several times. He seemed shy, introverted, and very quiet. His works, on the other hand, are garrulous, cheeky, and full of profanity, but this only serves to emphasize the point that tone determines and begets his themes.

Yi Mun-gu imbues his stories with the instinctive power of the text rather than through ideological manipulations. This is a custom of the Korean rhetorical pulse, which slowly inebriates any Korean reader, and finally turns into a tune that cannot be

설만큼 사람 냄새 물씬 나는 소설을 나는 본 적이 없다.

김윤식

separated from the vibration of the spirit. The tune and the vibration, together, create a state of elation. I have never read anything that is more viscerally human than his novels.

Kim Yun-sik

이문구

이문구는 1941년 충청남도 보령에서 태어났다. 그는 할아버지로부터 한학을 배우며 성장했다. 비교적 안온했던 유년 시절은 6·25 전쟁으로 인해 산산조각이 나고 만다. 아버지의 좌익 활동으로 작가의 집안이 몰락한 것이다. 남로당 충남 보령군 총책이었던 아버지는 물론, 두 형마저 연좌제로 죽임을 당한다. 그 충격으로 할아버지와 어머니가 뒤이어 세상을 떠난다. 구사일생으로 살아남은 작가는 서울로 상경하여 건어물 좌판과 행상, 잡역부 등의 직업을 전전하다가, 동료 문인들의 구명운동으로 위기를 벗어나는 한 시인의 모습을 보고 '글쓰기'를 생의 업으로 삼는다. 이후 서라벌예술대학교 문예창작과에 입학하여 김동리를 스승으로 삼는다.

이문구는 김동리의 추천으로 《현대문학》에 「다갈라 불망비」(1965)와 「백결」(1966)을 발표하면서 문단에 데뷔하였다. 한국에서 진행된 급속한 산업화는 전통적 삶의 가치를 붕괴시키고 도구적 합리성이 지배하는 생산과 발전 이미지로서의 근대성을 확산시켰다. 그는 이러

Yi Mun-gu

Yi Mun-gu was born in Boryeong, Chungcheong-nam-do in 1941. He grew up studying classical Korean texts from his grandfather. His relatively peaceful childhood was, however, torn asunder by the Korean War. Yi's father's leftist associations resulted in the fall of Yi's household. Yi's father, who served as the Boryeong chief of the South Korean Labor Party, was executed along with his two older brothers who were deemed guilty by association. The shock and grief of this tragedy killed Yi's grandfather and mother shortly afterwards. Miraculously, though, Yi survived. He made his way to Seoul and scraped by as a dried goods vendor and day laborer. Yi decided to make writing his calling when he happened to find out about a poet who got through difficult times with the help of his fellow writers. He enrolled in the creative writing program at the Seorabeol Arts College and studied under Kim Dong-ri.

Yi Mun-gu made his literary debut by having two of his short stories, "Dagala Monument" (1965) and

한 서구 중심의 근대성에 맞서 농촌 공동체적 삶의 가치를 적극적으로 옹호하였다. 대표작이라 할 수 있는 『관촌수필』과 『우리 동네』를 통해 이문구는 도시와 농촌, 현재와 과거의 삶이 복합적으로 얽힌 당대의 근대성을 전면적으로 탐색하고 있다. 그의 작품에는 전통적인 이야기체와 근대소설의 양식이 혼종되어 있으며, 농촌공동체에 대한 형언할 수 없는 그리움과 급속한 산업화에 대한 비판이 동시에 구현되고 있다.

『우리 동네』 이후 『산 너머 남촌』 『유자소전』 『내 몸은 너무 오래 서 있거나 걸어왔다』 등을 통해 작가는 문화적인 영역으로 시선을 돌린다. 이는 작가의 관심이 '농촌/도시'에서 '자연/문명'으로 확장되는 과정과 맞물려 있다. 이러한 세계 인식의 확장이 정체성에 대한 탐색으로 심화된다는 점은 주목을 요한다. 자아와 세계의 팽팽한 긴장으로의 귀환은 문학의 본질적인 문제의식으로 되돌아와 자신의 문학세계를 완성하려는 의지의 표출이기 때문이다.

한국일보문학상(1972), 한국문학작가상(1978), 요산문학상(1990), 펜문학상(1991), 서라벌문학상(1992), 만해문학상(1993), 동인문학상(2000) 등을 수상했고 사후에 은

"Baek Gyeol" (1966), in the *Hyundae Munhak*, where he submitted them with Kim Dong-ri's encouragement. The rapid industrialization of Korea undermined the value of traditional ways of life and disseminated the ideal of modernity as a productive, progressive system ruled over by a kind of utilitarian rationality. An active advocate for the values of agrarian communities, Yi fought against the indiscriminate espousal of western modernity. His representative works, *Gwanchon Essays* and *Our Village* were insightful explorations of the process of modernization wherein the urban and the rural, the present and the past, were entangled in a complex web. His works are a hybrid of traditional storytelling narratives and modern novel structures. They present an unspeakable nostalgia for agrarian communities and offer critiques of rapid industrialization.

Yi Mun-gu began to turn his attention to the cultural realm following his story collection *Our Village* with *Namchon Over the Mountain*, *A Brief Biography of Yuja*, and *My Body Has Been Standing and Walking For Too Long*. These works coincided with his expansion to the themes of the rural vs. the urban and nature vs. culture. It is important to note that the

관문화훈장(2003)이 추서되었다.

expansion of his worldview led to an examination of identity in general. The arrival at this gripping tension between the self and the world was his attempt to return to the fundamental questions of literature and complete his literary world.

He received the *Hankook Ilbo* Literary Award in 1972, the Korean Literature Writer Award in 1978, the Yosan Literary Award in 1990, the Pen Literary Award in 1991, the Seorabeol Literary Award in 1992, the Manhae Literary Award in 1993, the Dongin Literary Award in 2000, and, posthumously, the Eungwan Order of Culture Merit in 2003.

번역 **제이미 챙** Translated by Jamie Chang

김애란 단편집 『침이 고인다』 번역으로 한국문학번역원 번역지원금을 받아 번역 활동을 시작했다. 구병모 장편소설 『위저드 베이커리』 번역으로 코리아 타임즈 현대문학번역 장려상을 수상했다.

Jamie Chang has translated Kim Ae-ran's *Mouthwatering* and Koo Byung-mo's *The Wizard Bakery* on KLTI translation grants, and received the Modern Korean Literature Translation Commendation Prize in 2010. She received her master's degree in Regional Studies—East Asia from Harvard in 2011.

감수 **전승희, 데이비드 윌리엄 홍**

Edited by Jeon Seung-hee and David William Hong

전승희는 서울대학교와 하버드대학교에서 영문학과 비교문학으로 박사 학위를 받았으며, 현재 하버드대학교 한국학 연구소의 연구원으로 재직하며 아시아 문예 계간지 《ASIA》 편집위원으로 활동 중이다. 현대 한국문학 및 세계문학을 다룬 논문을 다수 발표했으며, 바흐친의 『장편소설과 민중언어』, 제인 오스틴의 『오만과 편견』 등을 공역했다. 1988년 한국여성연구소의 창립과 《여성과 사회》의 창간에 참여했고, 2002년부터 보스턴 지역 피학대 여성을 위한 단체인 '트랜지션하우스' 운영에 참여해 왔다. 2006년 하버드대학교 한국학 연구소에서 '한국 현대사와 기억'을 주제로 한 워크숍을 주관했다.

Jeon Seung-hee is a member of the Editorial Board of ASIA, is a Fellow at the Korea Institute, Harvard University. She received a Ph.D. in English Literature from Seoul National University and a Ph.D. in Comparative Literature from Harvard University. She has presented and published numerous papers on modern Korean and world literature. She is also a co-translator of Mikhail Bakhtin's *Novel and the People's Culture* and Jane Austen's *Pride and Prejudice*. She is a founding member of the Korean Women's Studies Institute and of the biannual Women's Studies' journal *Women and Society* (1988), and she has been working at 'Transition House,' the first and oldest shelter for battered women in New England. She organized a workshop entitled "The Politics of Memory in Modern Korea" at the Korea Institute, Harvard University, in 2006. She also served as an advising committee member for the Asia-Africa Literature Festival in 2007 and for the POSCO Asian Literature Forum in 2008.

데이비드 윌리엄 홍은 미국 일리노이주 시카고에서 태어났다. 일리노이대학교에서 영문학을, 뉴욕대학교에서 영어교육을 공부했다. 지난 2년간 서울에 거주하면서 처음으로 한국인과 아시아계 미국인 문학에 깊이 몰두할 기회를 가졌다. 현재 뉴욕에서 거주하며 강의와 저술 활동을 한다.

David William Hong was born in 1986 in Chicago, Illinois. He studied English Literature at the University of Illinois and English Education at New York University. For the past two years, he lived in Seoul, South Korea, where he was able to immerse himself in Korean and Asian-American literature for the first time. Currently, he lives in New York City, teaching and writing.

바이링궐 에디션 한국 대표 소설 037
유자소전

2013년 10월 18일 초판 1쇄 인쇄 | 2013년 10월 25일 초판 1쇄 발행

지은이 이문구 | 옮긴이 제이미 챙 | 펴낸이 방재석
감수 전승희, 데이비드 윌리엄 홍 | 기획 정은경, 전성태, 이경재
편집 정수인, 이은혜 | 관리 박신영 | 디자인 이춘희
펴낸곳 아시아 | 출판등록 2006년 1월 31일 제319-2006-4호
주소 서울특별시 동작구 흑석동 100-16
전화 02.821.5055 | 팩스 02.821.5057 | 홈페이지 www.bookasia.org
ISBN 978-89-94006-94-9 (set) | 978-89-94006-19-2 (04810)
값은 뒤표지에 있습니다.

Bi-lingual Edition Modern Korean Literature 037
A Brief Biography of Yuja

Written by Yi Mun-gu | Translated by Jamie Chang
Published by Asia Publishers | 100-16 Heukseok-dong, Dongjak-gu, Seoul, Korea
Homepage Address www.bookasia.org | Tel. (822).821.5055 | Fax. (822).821.5057
First published in Korea by Asia Publishers 2013
ISBN 978-89-94006-94-9 (set) | 978-89-94006-19-2 (04810)